一 间 自 己 的 房 间

Die Kieferninseln

（德）
玛丽昂·波施曼——著

张晏——译

Marion
Poschmann

松岛

まつしま

东方出版社

这本书触碰到了我们这个时代的神经，直观地讲述了表面上看似不可逾越的文化差异，但同时却又巧妙地消除了它们之间的差异。……细致入微的语言风格和语言的丰富性使得这本书成为一个小篇幅的杰作。

——《时代周报》

这部小说近乎奇迹般地成功将可能相互冲突的两种旋律融合在一起。……《松岛》是这样一个故事——它不会把松散的结尾绑在一起，而是让主题像针叶一样散落在森林的地面上，让读者去发现它们拼凑出的图案。

——约翰·赛尔夫，《卫报》

作为向导和文学上的神，芭蕉的形象几乎化身为书中的人物。……这部作品避开了热情洋溢的描写——这是外国作家对日本的常见陷阱——它包含了完全不讨好的观察。……那么，我们是应该通过主人公的话语，还是通过作品的激动人心的品质来判断一部小说呢？阅读波施曼的这种清丽脱俗、精雕细琢的文本，纯粹是一种享受。

——《日本时报》

波施曼问道："在'涡轮资本主义'时代，人们还能进行内心之旅吗？"也许伟大的精神冒险，通往内陆的狭窄道路，在这个智能手机和高铁的时代已经不可能了。她的这部极具讽刺意味的小说讲述了一个21世纪的人寻求"对日本黑松现象的内在理解"，为读者提供了一个潜在的旅程。

——杰夫·皮尔，《当代世界文学》

令人眼花缭乱、心醉神迷，是对当代日本友好和信任的感人探索。波施曼的小说诗意地融合了幽默和忧郁，描绘了两个陌生人到松岛的朝圣之旅，以及他们同时发生的个人转变。

——水石书店

聪明、有趣、富有诗意。

——《每日镜报》

❧ 不存在的松岛 ❧

赵松

想想看，一个男人，梦到妻子出轨，醒来后失魂落魄，并在当晚与妻子激烈争吵，甚至动了手。之后，他愤然离家出走，飞去了遥远的日本。在东京，他偶遇一位企图在车站跳轨自杀的日本青年，他不但阻止其自杀，还把这个年轻人变成了旅伴。说到这里，如果我说这个故事跟日本俳句大师松尾芭蕉有关，你一定会诧异：这样一个听着就很幼稚吊诡的故事，怎么会跟松尾芭蕉扯上关系呢？确实事出偶然——男人出于某种旅行中的习惯，在东京机场随手买的几本日本经典文学的英译本里，就有芭蕉的游记。在芭蕉游记的意外触动下，他决定带着日本青年重走松尾芭蕉的北境之旅——从东京出发，一路向北直到松岛。正是这本游记和那个日本青年，把他的这次明显有些荒唐的逃离变成了发现本我的觉悟之旅。

这就是发生在德国作家玛丽昂·波施曼的小说《松岛》里的故事。小说里只有三个人物，吉尔伯特·希尔维斯特、他的妻子玛蒂尔德和日本青年拓麻与谢。玛蒂尔德的戏份很少，除了跟吉尔伯特通过几次电话，主要是作为他在旅行途中写信倾诉的对象而存在。那个一心想着如何以合适的方式自杀的拓麻与谢（则更像是松尾芭蕉的旅伴曾良），跟着吉尔伯特走了很长的旅程，但在离目的地不远处忽然走散并消失了。如果说玛蒂尔德担当的是吉尔伯特的情绪引爆点和倾诉对象，那么与谢则更像是作者为他量身定制的自我镜像式分身——一个敏感、脆弱、孤僻、无助的失意者。或许，对于吉尔伯特来说，与谢的自杀意愿与行动，就是他在潜意识里要走出早年留下的心理阴影的意愿的象征。

也正因如此，在重走芭蕉之路的旅途中，当"学习死亡"这样的念头出现在他的脑海中之后，他才会以阻止与谢自杀的名义，说出了自己那完全不同以往的对于死亡的全新认识：

> 外部的自杀与内心的自杀没法相提并论。芭蕉是在努力进行内心的自杀，他想去除自我，才能自由地进行创作。当然人们可以把这种做法看作一种没有必要的极端行为，但这却是另外一种有趣得多的实验。(p108—109)

这种认识意味着吉尔伯特终于明白，自己真正需要的并不是摆脱现有环境和那些令他处境尴尬的他者所制造的

深重阴影,而是像松尾芭蕉那样去除"自我"。正是在芭蕉的启发下,他对自己那原本近乎盲目的逃离行为忽然有了全新的认知:

> 为了让自己远离一切,为了更接近某些东西,这段旅程只不过是对旅途本身产生的空间的沉思。随着思想的扩张,在"这里"和"那里"之间的空间,一个人真正希望内心能够获得安宁,思考变得有序,万物的旋涡放慢一点儿,找到一条路,回到它们早已被遗忘的形态。在这个空间里,能够观察到模糊、未知、始终处于变化中的事物。人们遵循着微妙的变化,虚幻的意象,希望能更清楚地认识自己,这是最难以捉摸的东西。(p073)

他知道,人只有在去除了"自我"的前提下,真实的"本我"才会自然浮现,并能由此获得真正意义上的精神自由,而不会再受制于环境与他者的任何扰动。

这个时候,我们再回过头去看看开篇时他那幼稚的冲动与近乎盲目的逃离,就不难明白,那种行径,这一切其实正是在他深陷于脆弱自我而找不到真实本我的状态下发生的。那个时候,他就像个正处于叛逆期的大男孩,而完全不像个成熟的男人,否则他的思维与行为就不会因为脆弱自卑和醋意发作而变得只有情绪而全无理智，也不会陷入依恋和怨恨的旋涡，在摔门而去之后还希望妻子能追出来挽留他，到了机场还在不停地翻看手机里有没有妻子发来的信息，更不会矫情而又偏执地把自己的轻率逃离看作"一种惩罚……是玛蒂尔德对他的迫害"（p009）。

或许有人会说，谁又知道他的怀疑及情绪不是由来已久呢？那个梦，只不过是有失体统的导火索而已。表面来看，这种说法似乎也不无道理。因为失控的自卑与多疑，他也许早就处在爆发的临界点了。你看，他是德国某高校里不起眼的学者，是个没能争取到教授职位的编外讲师，相比之下，他妻子作为一个教师远比他出色得多，是个走到哪里都备受欢迎和尊敬的人。这种近距离的比较，不仅令他无地自容，还让他陷入更深重的自卑：他和他所做的一切，都是微不足道的，永远不会引人关注，就像他当时正在研究的那个由一家电影公司资助的冷僻而又诡异的课题——"电影里胡子造型产生的影响"。

可在吉尔伯特看来，自己所有的不成功，并不在于其自身有什么问题，而在于他缺乏必要的家庭背景、不知该如何构建有用的关系网以及不会讨好别人。包括他为了职业的生存，不得不依靠朋友们所提供的帮助——在他眼里，也并非因为他们比他更聪明，只不过是他们比他更会做人而已。更令他尴尬的是，敏感曾让他在早年赢得过关注，现在却成了体现他失败的特点：

> 他固守一种早就过时的价值观，整套装备都属于过去，他浑身上下都散发一种过时的气息。(p007)

> 他时常会觉得自己变成了透明的，这种透明感与轻盈无关，而更多的是一种无力感。他占据空间，挤压出空气，摆动自己身体的能力似乎很奇怪地受损了。因此他觉得连行走都变得困难，他感觉身边人工作结束之后那种骤然而至的激动在推着他一步一步往前走，似乎他是一具僵尸，正在吸取身边的人散发出来的能量，而他自身一点儿驱动力也没有，不知道该往哪里去，所以就毫无目标地跟着人流走。(p014)

> 这么多年来他都生活在害怕之中，担心自己沦落到无法清晰思考的地步。……他也学会了对一切都表示赞同，不提反对意见，只表示支持，可惜他明白得太晚，白白耽误了几十年。(p005)

由此，吉尔伯特会冲动地把梦到妻子出轨作为情绪的引爆点就不足为奇了。他活得憋屈，他忍耐已久，既然伤害甚至已公然侵入他的梦里，他当然没有理由不爆发。他爆发得非常彻底——不仅离家出走，还一口气跑到了日本。因为这时他还不曾意识到，导致其尴尬处境和盲目冲动的，并非那些外在因素，而正是他自己的致命问题——沉溺于脆弱自我，却丢失了本我。

实际上，吉尔伯特最初对日本并无兴趣。在他眼里，这是个"把茶文化发展到极致的国家"，它有的不过就是"需要特别耐心、极为细碎、繁文缛节多到令人沮丧的茶文化"（p009）。然而，在开启芭蕉式旅程之前，他对日本文化的看法就已经发生了改变。在给妻子玛蒂尔德的信里，他这样写道：

在东亚文化里深邃是至高无上的。深邃意味着不引人注目，不是这样也不是那样，既不会太大声也不会太显眼，而是一种平衡的内敛，所以不那么敏感的人，尤其是从外国来的人，几乎觉察不到这种特质。它不会冲在前面，因为它过于重要，也不会充当背景。它是一种中庸之道吗？它很重要吗？它是秘密吗？这些都不是。它无色无味，没有清晰的印记，它是微妙的，也许和西方传统里被称为崇高的那种品性有关。它也不会体现在权力和暴力中，放纵无度的生活里体会不到它，也不在特别宏大或者掌控全盘的局面里。在那些冷静、悬垂，同时又充满威胁性的岩石上无法体会到这种深邃，而是安静地观察荒凉的芦苇滩或者干枯的秋草时，在没有什么亮点的大自然里，在一片虚空和伤感的风景里。可是不管沼泽还是草，或是竹子构成冥想的物体，褪色的叶子，一片雾气笼罩的田野或者是云雾低垂的山峰——最终起决定作用的是一种精神状态，可以让人到处都能看到那种深邃。因为深邃是一切现象的基础。这样说的话，它倒是最接近德国神秘学里"深渊"的概念。(p038—039)

促使吉尔伯特开始觉醒的，正是松尾芭蕉。他在机场里买的那本游记，应该就是芭蕉俳句作品里的代表作——著名的《奥州小道》，芭蕉创作它的时候，离去世还有五年。当时芭蕉已凭借在俳句方面的卓越成就赢得了显赫的名声，但就在这时，他选择了远离喧哗、退居乡野。随后，因追慕日本 12 世纪的著名诗人西行法师的北游之举，芭蕉变卖家产，开启了那次漫长而又艰辛备至的行旅。他一路向北，走了 2400 公里，在这个路线里，就有松岛。

那么，吉尔伯特从芭蕉那里学到了些什么呢？

这一切必须发生在另外一个层次上。持续地步行，最简单的住宿，不使用技术方面的辅助工具，尤其是手机。只有这样才能达到一种状态，让人与严格的超

> 我拉开距离，正是这个超我每天都监督我们的日常行为不会失控。这是一种高度自主和无欲求的态度，最终会让我们毫无保留地转向其他的事物。转向内心生活，转向松树，转向月亮。(p041)

实际上，只要读过《奥州小道》就会知道，芭蕉那一路的艰辛是无以言表的，但他又乐在其中——这苦中之乐，是精神上的，在山水间，在自然风物里，在他一路有感而发写下的那些俳句中。而吉尔伯特之所以能从最初的盲目逃离之旅忽然跃入这朝圣和精神重塑之旅，最主要的原因，也就是他从芭蕉的游记和俳句里发现了精神之乐。他知道，尽管自己的旅程也是按照芭蕉的路线来进行的，但从根本上说，还是不一样的过程。这不仅仅是因为松尾芭蕉主要是靠步行，而自己是靠现代交通工具；更主要的还是因为芭蕉是在已然觉悟的前提下开始这次漫长行旅的，而他则要在这旅行的进程中慢慢地唤醒自我，找回本我，去重新体会万物、认识世界。也正是在这样的情况下，他学会了重新认识绿色、松树，甚至重新回忆起宾西法尼亚森林里的 65 种树木的名字。

这个觉醒的过程注定是曲折、漫长而又有着丰富体验的。吉尔伯特不仅意识到，"松树对访客是有要求的。它们平和而优雅地矗立着，一簇簇的松针绽放出坚韧的绿色，闪闪发光，像具有催眠效果一样，让人想起歌舞伎的舞者伸出拳头，再伸出五指。那些松树坚定地站在嘈杂混乱的人群中，像是定海神针，散发着几百年积蓄下来的高贵气息。人要配得上它们才行"（p092），还意识到了放下重负即是走向觉醒的开始："他的感觉也变得迟钝，既迟钝又轻盈，就像久病初愈，或者压在心头，一直不给他喘息机会的那块大石头终于被拿掉了，决定要让他轻松一阵子"（p101）。吉尔伯特知道自己可以"不再按照周边世界的允诺生活，更何况是这种绝大多数人要做的俗气事情"（p091）。

吉尔伯特不断地打开着自我，让自我融入到周遭的环境中去，就像一棵能够移动的松树，专注每一天的风云变幻。他放下了自我，不断追寻着，以期让本我重现。在松岛上，吉尔伯特在松林间穿行。他"用后背靠着还有些温热的树干，闭上眼睛，侧耳聆听掠过树梢的风声"，调动各种感官去感受"松脂的味道。掉落的松塔。簌簌作响的松针。发出断裂声的树枝"（p151）。

在半梦半醒之间，他似乎看到黑暗之中无法接近的海面上重新浮现出长满了草木的礁岩，圆的像是黑色的水母，脆的像晒干的海带，黑暗中能分辨出更黑一些的海岛的剪影，像是黑暗冒出来的泡泡，形状逐渐清晰，有了自己的身体，而身后的黑色慢慢褪去，在深不见底的害怕和无缘无故出现的巨大泡沫上方出现了坚硬的剪影。这才是它，终于出现了，黑色的泡沫现出了真面目。破裂。(p151)

这里破裂的是过去的那个脆弱的自我，而浮现出的，则是真实的本我。吉尔伯特只有打破过去的那个自我，才能让本我重现。从这个意义上说，一心想自杀的与谢确实就像是一个象征——吉尔伯特过去的那个处境尴尬、敏感脆弱的自我。因此与谢在旅途中的走失，甚至有可能已经如愿死去，实际上都是在暗示，吉尔伯特已然从过去的自我中破壳而出，开启了新的归属于精神觉醒的生命历程。

在玛丽昂·波施曼的这部小说中，最精彩的部分几乎都与风景描写有关。那些风景之所以如此动人，关键在于作者能把吉尔伯特的心境融入景物，也就是说，让他在观看的过程中逐渐化掉了自我，使自我消解在万物中，又让重现的本我的气息无所不在。

前一天夜里他久久无法入睡，一直不安地盯着昏暗的天空。他能感觉到云朵变大了，又舒展开来，变成巨人的样子，又被一股任性的风吹走了。云朵被风吹散了，打成了碎片，又重新组合成别的形状，浓郁的黑色也变成了淡淡的灰色，之后再次变成无边无际的灰色平面，像层云床垫向他压下来，他想逃跑，逃到海边去，那里是云朵自由自在飘浮的地方，它们失去了相互结合的能力。(p137)

类似于这样的文字，小说里还有很多，而且样式多变，耐人寻味。或许，这里所有的风景都是他的心境投射出的"心景"——他可以是每一棵松树、每一块岩石、每一根细草、每一缕月光、每一阵清风、每一道海浪、每一个寂静的时刻。

这部小说表面上采用第三人称和视角叙述，但你会发现，实际上在情节展开的过程中，在作者笔下，通过吉尔伯特视角展开的叙述与描写，在很多时候所呈现的几乎就是第一人称视角下才会有的效果——这不仅让吉尔伯特这个主要人物与作者的界限都变得不是那么清晰，还使读者产生某种具有代入感的阅读体验，把读者引到介乎主人公和作者之间的视角交叉地带，进而产生奇妙的在场感。于是，你会在不知不觉中从最初的关注人物言行，变成与人物如影随形的状态，同他一起经历一切，与他共情共感。也正因如此，原本属于小说里的吉尔伯特个人的朝圣与觉悟之旅，才会在不知不觉中也归属于阅读小说的人。

"关键是内心的体会：时间飞逝，而地点永存。"当我们看到吉尔伯特在这次朝圣之旅的途中产生这样的感悟时，会发现这句话其实完全可以换个说法——松岛并不存在。这种不存在当然不是指地理意义上的，而是指象征意义上的。当吉尔伯特抵达松岛并获得觉悟之时，这座象征意义上的"松岛"也就不复存在了。它不在那里了。它存在于他的内心深处。也正因如此，它才又是无所不在的。

2021 年 7 月 29 日于上海

跟随松树和美丽月亮的魔法

卢然

　　除写实主义的游记之外，结合"前往遥远异域的文化之旅"与"个人精神的成长／转化历程"这两大要素的虚构作品，在西方作家笔下并不罕见，甚至可以说俯拾皆是，著名例子有詹姆斯·希尔顿的《消失的地平线》、约瑟夫·康拉德的《黑暗之心》、安东尼·德·圣埃克絮佩里的《风沙星辰》、赫尔曼·黑塞的《东方之旅》等。而仅以德国文学而论，一面是深厚的充满自我省思的"成长小说"传统（"成长"并不限年龄，《荒原狼》等表现中年知识分子心灵危机和精神转变的小说也可视之为"成长"），一面是20世纪初以来对远东文化的憧憬与赞美（印度、中国、禅宗与神秘主义），二者的结合更常见，但也最易被滥用，被肤浅、流于表面地解读。一些当代批评者甚至认为，这类题材是过时的陈词滥调，或是充满了媚俗的东方主义（尤其是对日本文化的溢美），或是一种不恰当的文化挪用（cultural appropriation），体现了欧洲中心主义的傲慢。在这种情况下，玛丽昂·波施曼的小说《松岛》选取了一个不讨喜的俗套题材（"一个经历中年危机的德国知识分子前往东方的朝圣之旅"），但它之所以大受激赏，成为 2017 年德国图书奖和 2019 年布克奖的入围之作，自有其清丽不落俗套之处。

小说情节十分简单。被婚姻危机感和事业低潮所折磨，被同事视为"保守的美学主义者"的大学讲师吉尔伯特（他的研究方向是十分荒谬的"胡子时尚与上帝形象"），在一次关于妻子出轨的噩梦后，冲动前往日本旅行——并非出于对日本这一"喝茶的国家"的热爱，相反是出于某种矛盾的自我惩罚心理。初抵东京，他在新干线车站上救下了一个试图卧轨的日本年轻人——拓麻与谢。对日本文化几乎一无所知的吉尔伯特（"顶多只看过几部日本电影而已，甚至连一句俳句都背不出"，p011）第一次读到诗人松尾芭蕉效法西行法师前往松岛的游记《奥州小道》，因处境的相似（"他也几乎丢下了一切，完成了一次突然的撤离"，p035）而心有所感。他以"寻找更好的自杀地点"为由说服了与谢，二人开始了一场追寻芭蕉足迹前往松岛的朝圣之旅。

这并非一场多么志同道合的旅行。作为各自所属主流文化的背弃者（misfits），这一对旅伴各怀心事：吉尔伯特虽然同意了与谢路过《自杀完全手册》上的几个自杀胜地的要求，包括东京郊外破败的福利住宅区和青木原森林——却又都像在东京车站一样严厉地制止对方付诸行动，理由仍是"这不是最好的地点"。他自己也表现得十分挑剔，愤世嫉俗，对与谢这个垂头丧气的倒霉年轻人像对待学生一样缺乏耐心。然而，芭蕉的文字和日本文化的细节（从绿茶、冷饭团到歌舞伎表演）似乎一点点软化了他的偏见。他在给妻子玛蒂尔德的邮件中详细记录这场"心灵之旅"的思考历程，赞叹松树和传统园林之美，比较东西方的审美差异，甚至和与谢一本正经地演练起了俳句创作。

尽管在仙台车站和与谢走散，吉尔伯特依然如愿独自抵达了松岛。与他的文学想象不尽相同的是，松岛固然很美，但却弥漫着后工业时代的荒凉感，而他是入住小旅馆的唯一游客，"除了他以外，没人专门为了松树而来"（p137）。他走下海湾，全情地欣赏松树和月亮，对出走计划感到满意，却又开始感到孤独，怀念起和妻子同游的时光，甚至想写信邀请她一起来观赏最初被他嗤之以鼻的红枫叶林。对妻子一头黑发的形容词也从最初的"像在沥青里泡过的美杜莎恶毒的触手"变成了结尾的"像细细的海草随着波浪起伏不定"，似乎预示着他对婚姻重新拾回了积极的心态。

如果将"西方视角看东方文明"的旅行文学视为一种传统，本书可以被认为是一部介于传统和反传统之间的小说。主人公吉尔伯特是一个矛盾的人，透过他自相矛盾、甚至有些不耐烦的视角，我们看到了他（如对年轻人流行的"网红自杀地点"像对自拍杆一样不屑一顾），对上述亚洲热 / 东方主义崇拜的嘲讽，以及对与谢这类性格软弱的青年的不屑（大概类似我们的父母辈对当代"丧文化""躺平"的批判）。但他的批判并不乏尖刻的扪心自问和自我审视，以至于我们可以部分原谅他的刻板和挑剔。在旅行之初，他便透过芭蕉的作品领悟到：

> ……僧侣般禁欲，内敛又谦虚，精神上的贫瘠。他自己这个出走计划的重点在于达成一个彻底的决裂，就在他与社会之间，他与社会规范之间，要隔绝开资本主义产生的强迫感，这种艰难的感觉简直无所不在。找一个最陌生的地方来一趟朝圣之旅，为了找回内心的自我，不同于温顺的公民用钱就能买到的那种自由。(p035)

然而，他对旅行的意义也时刻抱有怀疑。在给妻子的邮件里，他坦承自己对"内心之旅"的了解极为有限：

> 在我们这里，内心之旅是大家都讨厌的，我认为原因是这种内在被认为是神性的，因此内心之旅常常被理解为一种苛求，而且很难确定内心究竟是在哪里。如果芭蕉在观察一棵松树，这个动作何以被称为内在

的？这样发问是完全有道理的，我也问过自己，芭蕉的游记完全是在描写大自然，描写风景名胜，以及具体某一条路线的艰难险阻，这些都是外部世界，可为什么他的游记被视是描写内心世界的文学作品？如果自动认为外部世界与意识的空间是对等的，那么内与外的区分就显得多余了。不过我猜这正是芭蕉的理论所在，而恰恰是因为这一点他才如此有名。圣文德在万物中找到了上帝，或者说他通过万物找到了上帝，芭蕉却是在上帝中以及通过上帝找到了万物。

那我们呢，我们甚至从未体验过内在空间，就更无从分辨这些不同的方法最终有没有差别。(p069)

我们很容易察觉，吉尔伯特的愤世嫉俗是因为他对自己、对他人、对环境都要求过高了（毕竟我们不能要求每一个旅行者都拥有哲学家的思维深度）。一个普通的年轻旅行者很容易沉醉于"生活在别处"的浪漫意象，但吉尔伯特却警惕着这种流于浅薄的危险：

他心里暗暗希望，在这种逃避中找到某种东西能一下子打开他的双眼，让他能够看清承载万物的大自然。他觉得最有这种潜在可能性的东西就是松树，他心里几乎只想着松树。在风景如画的海岛上生长的日本松树——它们真的能教他如何去看吗？如果答案是肯定的，那为什么不能是一棵普通的松树，比如勃兰登堡州森林里的松树？（p113）

将重识自己内心的意愿紧紧系于一个意象，比如他所热爱的松树，这并无可厚非。然而远方的松树和家门口的松树有何不同？仅仅是因为旅程的长度和先人的文字为它们添加了光环吗？这是需要读者自己思索的又一问题了。

松树——尤其是日本黑松——的意象贯穿全文，无处不在。在吉尔伯特眼中，松树俨然成为了某种严肃的、纯粹的、具有古典美德的人生指引（"那些松树坚定地站在嘈杂混乱的人群中，像是定海神针，散发着几百年积蓄下来的高贵气息。人要配得上它们才行"，p092），以至于和他眼中芭蕉"弃绝自我"的精神合二为一。值得注意的是，"弃绝自我"的概念在德国哲学中也是不容忽视的一环。末章对松岛海湾风景的描写也极为荒凉辽阔，优美动人，令人想起阿诺德·柏克林的《海边别墅》，以及大卫·卡斯帕·弗雷德里希"内心即风景"的浪漫主义代表画作——人的主体性与自然合二为一，如同月光被茂密的松树林所吸收，风景同时成为内在世界的外显和隐喻。这和吉尔伯特在信中提到的"圣文德在万物中找到了上帝……芭蕉却是在上帝中以及通过上帝找到了万物"如出一辙。主人公眼中所见虽然是日本的自然风物，却仍然没有脱离德国传统的影响，这些微妙之处（不管作者是否是为了塑造人物刻意为之）都值得玩味。

与吉尔伯特相比，小说的第二男主与谢更像是个面目模糊的扁平人物，除了礼貌谦卑的举止和私底下固执的个性（一些很容易被外国人附着于日本人身上的通行特质）外，直到结尾他"失踪"后，大多数读者可能仍对他不甚了解。不过，这也可能是作者波施曼有意为之的一种处理方式，正如她对吉尔伯特的设定：他来到日本不是为了发现日本文化，而是为了通过日本文化发现自我。此外，在斯蒂芬·曼斯菲尔德（Stephen Mansfield）的访谈中，作者也指出与谢在某种意义上是吉尔伯特的分身／重像（Doppelgänger），这种结构与日本能剧中鬼魂与人的映射关系有着异曲同工之妙。二人分别在各自的主流文化（日益趋同的后现代社会图景）中感到格格不入，其不同之处在于，与谢关注的是外部的、肉体的自杀，而吉尔伯特关注的是芭蕉式的"精神的自杀"，因此他在列车上对与谢说："外部的自杀与内心的自杀没法相提并论。芭蕉是在努力进行内心的自杀，他想去除自我，才能自由地进行创作。"（p108）由于这种重像关系，我们不能一味认为"外部"和"内部"是对立的，也不能武断地以与谢的消失来判断他未来的生死。这个人物的象征意义可能远远大于他命运的具体细节。

写作此书前，波施曼作为歌德学院的访问学者在京都停留了三个月。此间她造访了这座古都大大小小的花园，称之为"一段忘我的时光"，与她笔下主人公们的朝圣之旅极为相似。另一个有趣的细节是书中用整整一页列出了各国松树的品种，波施曼解释说，她最初的想法是"写一本关于松树的美丽的书"，"但一棵树不仅仅是美丽和自然，它代表着历史和政治，是一种象征和概念。对我来说，比较不同国家如何看待他们的树是非常有趣的，这意味着从一个角度看他们自己。日本黑松是一种与智慧、力量和纪律联系在一起的树。它以一种看起来绝对野性的方式进行了正式的修整，因此自然形成了一种自然的形象，一种自然的观念。在写松树的时候，我写了一本关于影射与偏见、文化与表象、传统与现代社会、梦想与现实的书"。此外，面对一些批评者对主角过于傲慢的批评，她指出吉尔伯特是"一个处于危机中的人……他的危机反映了他的偏见、刻板印象、恐惧和渴望"。作为读者，我们也有必要提醒自己，不必把男主的观点（有些的确最终也没能脱离固有的刻板印象）作为作者的代表，也不必在阅读时先入为主地将自己的好恶和价值判断强加其上。重要的是松树，是"美丽月亮的魔法"，是观看风景并进入心无旁骛的过程，而不是我们那太过喧嚷却不够专注的自我。

放下咖啡吃茶去

——由意象到经验的内观之旅

倪卓逸

亚历山德罗·巴里科的畅销小说《丝绸》讲述 19 世纪中期，法国丝绸业受到重创，退伍军人荣库尔被委托去正处于闭关锁国中的日本购买蚕种。这个东方国家对他来说是那样遥远而神秘，陌生的一切充满着诡艳的吸引。在日本，荣库尔受蛊般地对进行交易的贵族的侍妾英子产生爱意，即使语言不通，数年来仍念念不忘。这部小说后来被改编为电影，偶然一次我看到电影中的几个片段，一幕是英子为初来日本的荣库尔泡茶，另一幕是她在树林间的一处温泉沐浴。要承认的是，无论是荣库尔对日本的眷恋还是对英子的倾心，都不乏西方世界对东方一厢情愿的想象。但电影中的场景之美，使我同样记忆数年。这种水云雾绕、草木清香的美的震颤，终于在玛丽昂·波施曼的小说《松岛》中重遇。所不同的是，在《松岛》中，这场旅行是与自然和文化融通的内观之旅，也更加诗意和富于文学之美。

《松岛》的主角吉尔伯特是位大学讲师，正处于中年知识分子的尴尬境地。在工作中，他的文人习气使他不能顺利晋升，只是一个编外人员，手上的项目是研究电影里胡子造型产生的影响；在家庭里，妻子聪明干练，薪水优渥，职场上很受欢迎，感到委屈的吉尔伯特暗暗希望妻子能多拨一些时间来抚慰自己的无力感。在做了一个妻子出轨的梦之后，吉尔伯特冲动地飞往东京，开启了一段氤氲着茶香和松香的日本之旅。

吉尔伯特身上有比较典型的文艺知识分子执拗的习惯，波施曼用几个有趣的细节轻巧地凸显了这一点：他把怀旧而有"质感"的习惯保持了很久，譬如用钢笔写字，常年背着一个深色皮包而拒绝双肩包，鄙视网红打卡行为，对自拍杆这种东西更是厌恶，禁止学生使用……这次的日本之旅事出突然，但与19世纪的人大不同，吉尔伯特心中已经存储了一些对日本文化的印象，这个东方国家，于他而言早不尽是未知的迷惑性，他甚至对东亚文化中的模糊暧昧有些排斥。他用茶和咖啡来描述这种感觉："在喝咖啡的国家，一切东西都摆在明面上。而在喝茶的国家，一切都笼罩在一层神秘的面纱之下。在喝咖啡的国家可以用很少的金钱换得一种选择性的奢侈，而在喝茶的国家想要达到这种效果得依靠想象力。"（p008）他将不得已的喝茶看作惩罚，可随着旅途的渐进，吉尔伯特的想法发生了改变，正如他对"喝茶国家"的印象是从文艺作品中得来，对妻子出轨的控诉更仅是一个梦，踏上这片土地，才是真正触碰它和反观内心的开始。

　　小说中另一个重要人物日本青年拓麻与谢则是一个中文意义里"透明感"很强的角色。学业和求职双双不顺的与谢意图卧轨自杀，被经过的吉尔伯特救下。二人结伴效仿松尾芭蕉走上朝圣之旅，往松岛行去，这既切合吉尔伯特实践精神朝圣的愿望——弃绝前我、找到新的自我，并且在途中能够阻止与谢再次自杀。与谢有一般日本青年的礼貌羞涩，小心翼翼地粘着两撇可笑的小胡子。与他卡通式不现实的名字一样，他像一个苍白纤弱的剪影，脆弱得面对不了大人的世界。与谢也有天真可爱的时候，美丽的女孩靠近他，他害怕得逃走以为她是狐仙；在看歌舞伎表演时过于激赏，紧紧抱着吉尔伯特的胳膊不放。在吉尔伯特眼里，与谢总是穿着白色薄袜，人很瘦，小手冰凉，体温平稳似乎从不出汗，有种清凉的优雅。这些不食人间烟火的特征到后期愈加明显，在仙台，二人失散，吉尔伯特再也没找到与谢。在吉尔伯特的幻想和梦中，与谢甚至是一个死去多年的鬼魂，萦绕不散只是为了把遗书交给家人。读到最后不禁想问，与谢是真的存在还是吉尔伯特的幻想，或者他确实是一个轻飘飘的鬼魂？小说没有给出明确的答案。波施曼曾在访谈中提到过，与谢的人物塑造有从能剧中汲取的灵感，她认为大多数能剧是"鬼故事"，不知道谁在扮演鬼。就这个意义而言，与谢或许是一个精魂、一个

"分身"。

　　和吉尔伯特对待歌舞伎演出、茶道等的态度一样，他对与谢也是矛盾的。一时对他充满关切，想以师长的立场帮他重返理智，也乐于和他交流俳句，一时又对他感到失望厌烦。与谢失踪，吉尔伯特非常焦急，到达松岛后，一度又觉得不被打扰的行程也不错，可与谢的身影仍旧在心中挥之不去。吉尔伯特可能没意识到与谢和他的共同之处。这个日本青年敏感多思，同样有着自己的一套坚持，他爱好古典文艺，只喝绿茶，不喝其他时兴的饮料。在世俗社会中，这样的他格格不入。与谢想自杀和吉尔伯特向往松岛，都是一种逃离。在吉尔伯特跟与谢讨论起"外部的自杀"和"内部的自杀"的话题时，与谢非常沮丧，并从这一刻开始失语。

　　若是作一个略显过度的解读，未尝不可以把与谢当作吉尔伯特部分精神世界的化身。他在旅程开始时出现，接近终点时消失，不断提示着吉尔伯特思索生命、反观自我，并在内心最冲撞时失去踪影。《盐釜》一章中，已经独行的吉尔伯特在一家小店喝着一杯茶，看着茶水中的倒影，竟是与谢的脸。吉尔伯特感觉与谢在恳求自己做一件事。可是他不知道是什么事。他不知道接下来应该做什么。他坐在一家小面馆前面的塑料椅子上，遮阳棚旁边的太阳已经开始西斜，他把皮包放在地上，用两只脚踝和小腿夹着它。

他在心里默默诵读着那首写给与谢的俳句。

在栏杆后面，

在我面前弯着腰，

请沉入水中！

一位年轻女子将他的面碗和托盘收走了。她回来时拿着一块抹布，擦了擦他的桌子，又把旁边的几把椅子摆正。他等了一会儿，看她没再过来打扰他，于是又低头去看茶杯。与谢的脸消失了，他只看到自己的倒影。在这里，他们有双生般的重合。到了结尾的《松岛》一章，面对着向往已久的松树，吉尔伯特为自己和与谢写下几首俳句，在最迷醉的时刻，他看到与谢从树干后面出来，与自己告别。一阵微风吹过松树，在沙沙作响的松针雨中，与谢在风中消逝了。吉尔伯特清醒时，手里攥着一把松针，此刻整个海岛都笼罩在鬼魅的月光里。此处可以说是整部小说的顶点，也是与谢最终消失的时刻。下一段吉尔伯特就回到现实，并感到毛骨悚然的孤独。这时的吉尔伯特已不再渴望逃离，他亲近起现实的温度来，开始期待妻子来东京，结伴欣赏秋天的红叶。

至于吉尔伯特的妻子玛蒂尔德并未正面出现在小说中，角色存在的意义之一是接收吉尔伯特从东京寄出的邮件。

波施曼妙巧妙地用邮件内容这一形式，使吉尔伯特更为坦诚地述说心路历程：他的旅程进度，对东亚文化所见所思，对心灵之旅功用的犹疑……同时，玛蒂尔德还可算作现实世界的象征。对比这次希望能借松树打开双眼的旅程，吉尔伯特回忆起两次异国之旅。一次是在美国当客座教授时，玛蒂尔德来看他，二人一起去看北美的红叶，一路却争吵不休；另一次是一同到罗马旅游，玛蒂尔德逐渐对去博物馆和教堂厌烦，更想惬意地享受闲暇时光，吉尔伯特则认为玛蒂尔德这样是拖累自己的研究工作。无疑，相比吉尔伯特，玛蒂尔德是个更务实且适应世俗生活的人，和她一起的时光，有日常生活坚实的力量。因而在小说结尾，致命的孤寂后，吉尔伯特迫切想见到的是玛蒂尔德，想一起再赏一次红叶。

作为一次心灵之旅，小说中有篇幅不少的关于性灵、自我和其他一些哲学问题的探讨，堆叠了很多文化意象，但之于吉尔伯特，这更趋近内心活动，并不着意展示他的蜕变和成长。结尾吉尔伯特终于置身于松风明月中，他确实得到了宁静，全身心地被自然的声音环绕，但这是他希望获得的弃绝前我、融入万物的性灵体验吗？"那种深入骨髓的尖锐声音像一个茧将他包裹起来，声音像网一样密集交织，干树枝缠成的坚硬的球，裹挟着他向山上滚，不停滚动，毫不松懈，与重力相左，与所有的理智相左。"日本黑松象征的智慧、力量，吉尔伯特感受到了，随之而来的清冷孤寂，更加真实。

所以在阅读时，我更被《松岛》中如清凉水雾般的诗意和幻影幢幢的东方之美所感染，也被笼罩其上的伤感无奈所打动。就像吉尔伯特关于"全能悖论"的处理方式一样，"感受全能悖论就像欣赏一首诗歌，我们轻声诵读，而无须去思考背后的逻辑问题，也不用花费心思去研究，直接接受这种与众不同的、非理性的美就好了。'无所不能的上帝难道要创造出连祂自己都举不动的石头吗？'"(p110—111)《松岛》并非提供解决办法的小说，它更愿意是诗化的、在不求甚解中获得各自的答案即可。吉尔伯特初时对东方文化中的暧昧不明心有反感，到后面被歌舞伎演出的美感俘获、思考起"阴翳"的意蕴来。从偏见到放平心态欣赏，或许也仍会被评为他者的凝视。但对吉尔伯特这个个体来说，体味到的美与空灵，是切实的。令人欣慰的是，结局既不是吉尔伯特沉溺于东方幽玄不愿自拔，也不是逃跑般地回到"喝咖啡的国家"去，而是想邀妻子共赏日本红枫。如同从云端落地，算是朝圣之旅的好结局。

目 录

东京

001

高岛平

025

青木原

045

千住

071

仙台

101

盐釜

121

松岛

137

东京

　　他梦见妻子出轨了。吉尔伯特·希尔维斯特醒了过来，出离愤怒。身边的玛蒂尔德一头黑发披散在枕头上，像在沥青里泡过的美杜莎恶毒的触手。粗粗的一绺头发随着她的呼吸轻柔起伏，好像正朝着他爬过来。他轻手轻脚地起床，走进浴室，失神地对着镜子发了一会儿呆，早餐也没吃就离开了家。等到晚上他从办公室回来，还是感觉像被人一拳打在头上，几乎像麻醉后的状态。一天过去了，那个梦没有消散，甚至没有半点儿褪色，那句愚蠢的谚语——"梦本幻影"[*]在他身上完全失效。而且结果恰恰相反，

---

　　[*] 出自《哈姆莱特》第二幕第二场。若无特殊说明，本书注释均为译注。

梦里的印象不断增强，显得越来越可信，就像潜意识向他天真无邪而毫无察觉的本我发出了一个不容忽视的警告。

他走进门廊，动作夸张地把公文包扔在地上，说要和妻子谈一谈。她当然矢口否认。这只能证明他的怀疑是有根据的。他觉得玛蒂尔德变了。她情绪过于强烈，显得不太自然。她激动而又羞愧，指责他一大早偷偷溜走，都没和她道别，让她很担心。你怎么能这样呢？接下来就是无休无止的指责。她想用这种蹩脚的花招来转移话题。就好像突然之间一切都变成了他的错。她太过分了。他可不能容忍她这样。

后来他已经记不清，自己是不是大吼大叫过（可能吧），动手打人（也许吧），还是吐口水（好像吧）——可能他情绪激动，说话的时候嘴里喷出过口水。最后他匆匆忙忙地收拾了一些东西，拿了自己的信用卡和护照，摔门而去。当他走在家门口的人行道上时，她并没有追出来在身后喊他的名字，于是他就径直往前走去，一开始还刻意放慢了脚步，可后来就越走越快，来到了下一个地铁站。他走进了地铁站里。事后想起来，他就像梦游一样穿过整个城市，到了机场才出站。

他是在二号航站楼过的夜，将两个金属材质的单人圆背褶椅拼在一起，睡得很不舒服。他不停地查看自己的智能手机。玛蒂尔德一条信息都没发。他的航班是第二天早上起飞，他在这么短的时间内能订到的最早的洲际航班就是这一趟了。

在飞往东京的空客飞机上，他喝了绿茶，用前排座椅靠背上的显示屏看了两部日本武士的电影，他一再地说服自己，他所做的一切都是正确的，这种行为是不可避免的，无论是站在他自己的角度上，还是作为一个外人来看，发生的事都是不可避免的，将来的发展方向也是注定了的。

他就这样退出了，并没有坚决捍卫自己的权利，而是让出这个位置，不管后面会便宜了谁。也许是那个吹毛求疵的大男子主义者——她的老板、学校校长。或者是那个漂亮的男生，刚满十八岁，据说是她负责照顾的实习生。或者是那些令人讨厌的女同事中的某一个。如果对手是一个女人，那他压根儿没办法。如果是个男人的话，时间还是对他有利的。他可以静观事态发展，坐等她好好思考。也许偷食禁果的魅力或早或晚终将消退。不过如果对手是个女人，那他就无计可施了。可惜那个梦在出轨对象这一点上不够明确。不过在整体情况上那个梦已经足够清晰，可以说非常清晰，就像他早已预感的那样。从根本上来说，也的确是他预感到了。这种情况已经持续了一段时间。过去这几周她很明显心情格外愉快，不是吗？对他也很刻意地友好。那是一种外交式的友好，一天一天，越来越让人难以忍受，他确实已经受不了了，他早就应该想到背后的原因。她成功地瞒过他，暗中掂量是否该放弃他。而他居然那么轻信她的话，这是他的过错。他不够小心，让人给欺骗了，都怪他的怀疑还不够强烈。

日本空姐将长发在脑后挽成艺伎那种发髻，脸上带着迷人的微笑来给他添茶。当然这种微笑并非针对他一个人，可是他仍然觉得浑身舒畅，如醍醐灌顶。他小口啜饮，观察她在通道里走的时候脸上始终挂着这种微笑，对每一位乘客微笑，表情毫无变化，那是一种面具般的妩媚，还真是效果惊人，她圆满地达到了目的。

他一直都担心，玛蒂尔德会不会觉得他太无聊。从外面看起来两人的关系十分稳定。可是时间一长，他没有什么能够给予她的，既没有什么社交生活的新花样，也没有创造性的惊喜，更谈不上性格上有何深入的魅力。

他只是个不起眼的学者、编外讲师。他没能争取到教授职位，因为缺乏必要的家庭背景；因为他不知道该如何构建起有用的关系网，他压根儿就不会讨好别人，没办法服务他人。因为他太晚才明白，在大学工作，第一重要的是在一个等级系统里发挥权力，他以前觉得这一点只是第二重要或者第三重要的。在这方面他犯过错，可以说犯过无数的错。他批评过自己的博士生导师，在不恰当的时刻总是想证明自己比别人知道得更多，在应该吹嘘自己的那些时刻又表现得过分谦虚不自信。

飞机下面是一大片厚厚的云层，此时他回忆起这几年的事情，像一坨令人窒息的东西压在心上，全是羞辱和失败。年轻的时候，他曾经相信自己比一般人更聪明，他感到自己在一群俗气的、适应环境追求成功的人当中非常突出，能够用一种哲学的洞察力看透世界上的事情。现在他觉得自己正身处一种尴尬的状况之中，要靠完成一个又一个项目才能生存，职业上还要依靠以前的朋友们帮忙，而这些人上学时成绩比他差得多，他们从来都没有办法清晰地表达自己的观点。必须强调一点：和他相比，这些朋友们在专业上都没啥能力。可是与他相反，他们的行为举止都透出机灵劲儿，这是职业成功唯一有用的一点。

这些人把原生家庭、自己的小家庭和日常工作都安排得妥妥帖帖，可是他却觉得自己是被迫去做那些愚蠢、报酬也一般的工作，被那些他打心底看不上的人指挥来指挥去。这么多年来他都生活在害怕之中，担心自己沦落到无法清晰思考的地步。之后这种担心也就慢慢减退了，一种凡事都无所谓的心态占了上风。他尽力完成交代给他的任务，把自己的洞察力放在那些最愚蠢的任务上。他也学会了对一切都表示赞同，不提反对意见，只表示支持，可惜他明白得太晚，白白耽误了几十年。

　　日本空姐手里提着一个冒着热气的篮子走过来。她用一个长柄的金属夹子递给他一个热毛巾卷。他机械性地擦了擦手，把小毛巾绕在手腕上，让那种刺痛的热度透入脉搏，心里想着：这种纯粹的享受，这种风俗，真是一个奇怪的航班，就好像用尽一切手段，想让他安静下来。他用小毛巾擦了擦额头，那种感觉就像发烧时母亲的手，舒服极了，不过小毛巾已经开始变冷，他把它铺在脸上，只停留了几秒钟，直到它变成一块又湿又冷的抹布。

　　目前开展的项目让他变成了胡子方面的专家。不管这主题听起来多可疑，可是起码给他带来了好几年的固定收入啊。而且随着时间的推移，他甚至有点喜欢这个无法言说的题目，而且就像有规则的过程一样，随着对整个系统了解的深入，在做事的过程中对某些细节的兴趣也在增长。比如在驾校的时候，他就对交通规则极其感兴趣；在学跳舞的时候对步子的顺序着迷。将自己等同于某一个事物，这不是黑魔法。

　　吉尔伯特·希尔维斯特，依靠外部资金项目开展研究的一位胡子专家，资助来自北莱茵威斯特法伦州的一家电影公司，还有小部分的资金来自杜塞尔多夫的一家女性主义组织以及科隆市犹太人社区。

　　这个项目研究电影里胡子造型产生的影响。其中涉及艺术学观点和性别研究理论，还有宗教方面的圣像学，以及在图片这种媒介中应用哲学表现力的可能性。

如同以往一样，这又是一个提前就能预知结果的研究项目。他先完成需要勤奋工作的部分，把细节总结起来，通过丰富的资料及其重要性来证实艺术理论观点的普适性，以此最终说明世界各地对观众的操纵。

每天早上他都会去图书馆，关掉手机，沉浸在意大利大师的画作中，还有那些马赛克和中世纪的书籍插图里。随处可见的胡子画像。他早就问过自己，为什么这个根本性的问题一直都没人研究过呢？他的课题重点是"胡子时尚与上帝形象"，根据每天的不同情绪，有时他觉得自己的工作特别有成效，简直像通了电一样亢奋，可有时又觉得自己的研究极其荒谬，让人绝望透顶。

作为个人内心反抗的最后一个堡垒，他从上学的时候就刻意保持着一些有点儿怀旧的习惯，比如说只用钢笔做笔记，用线装的黑色记事本；几十年都背着一个颜色越来越暗的皮包，从来不背尼龙材质的双肩背包；在任何生活场景里都穿衬衣和西装上衣。当年还是个学生的时候，他成功地赢得了别人的关注，塑造出一副敏感的知识分子形象。而现在这些特点倒更多地体现了他的失败。他固守一种早就过时的价值观，整套装备都属于过去，他浑身上下都散发一种过时的气息。尽管他也尝试过用后现代主义的胸巾和荧光色的胸口插巾来实现某种平衡，可是这些小花招根本没有用，他在大学里被人看作保守的美学主义者。香烟会引发头痛。他对足球提不起兴趣，他也不吃肉。

他又用那块白色的小毛巾擦了擦手掌，然后平铺着放在小桌板上。

飞机下方的云层像被撕开了，能看到下面西伯利亚的土地。壮阔的鄂毕河汇集了很多支流，蜿蜒前行，穿过沼泽和森林。显示屏上的飞机图标一抖一抖地从托木斯克来到了克拉斯诺亚尔斯克，又继续朝着伊尔库茨克前进。

俄罗斯在欧洲大陆的部分、西伯利亚、蒙古、中国、日本，这一条航线经过的全都是喝茶的国家。对于茶的消费超过平均水平的国家，吉尔伯特·希尔维斯特一直都比较抵触。他一直都只去喝咖啡的国家旅行——法国、意大利，在巴黎他喜欢参观完博物馆之后点一杯拿铁咖啡，或者在苏黎世要一杯法式咖啡。他喜欢维也纳的咖啡馆以及与之相关的所有文化传统。这是一种可见的，随时能感受到的，清晰明了的传统。在喝咖啡的国家，一切东西都摆在明面上。而在喝茶的国家，一切都笼罩在一层神秘的面纱之下。在喝咖啡的国家可以用很少的金钱换得一种较为奢侈的享受，而在喝茶的国家想要达到这种效果得依靠想象力。他从来不会出于自愿去俄罗斯旅行，在这个国家需要依靠想象才能获得日常生活最基本的设施，哪怕想喝一杯最普通的咖啡豆磨出来的咖啡。幸运的是，随着两德统一，前民主德国已经从一个喝茶的国家变成了一个喝咖啡的国家。

可就是这么一个人，居然被妻子逼得跑到一个绝对的喝茶国家来了，吉尔伯特·希尔维斯特甚至都做好了心理准备，彻底地观察日本这个把茶文化发展到极致的国家，观察这种需要特别耐心、极为细碎、繁文缛节多到令人沮丧的茶文化。这对他而言就是一种惩罚，简直是玛蒂尔德对他的迫害，不过现在一切都无法阻挡他，他要去日本，出于对绝对自由的追求和源自心底的骄傲。

他从胸前的口袋里掏出手机，看看是否收到了信息。然后突然意识到他已经按照要求将手机调成了飞行模式，所以压根儿不可能收到新信息。可是尽管如此他还是打开收件箱，发现什么都没有的时候仍然感到很失望。他感觉很不好，有一点儿恶心，一方面是因为机舱里的空气，另一方面是他空腹喝了茶。准确地说起来他已经三十多个小时没吃东西了。如果玛蒂尔德能表达一下遗憾，这才是正常的反应吧。一个礼节性的问题，一丝丝联系的迹象。可是什么都没有收到。难道玛蒂尔德气疯了吗？为什么她连人际交往中最根本的要素都不顾了呢？她为什么要闹到这种程度，害得他现在被迫坐上了洲际航班，居然要穿越西伯利亚？他感到胃里的绿茶似乎难以消化，随着飞机的颠簸一晃一晃的。

他对日本了解不多，日本并不是他一心想去的国度。在武士时期，这个国家把那些不受待见的知识分子都发配到偏远的海岛上，或者强迫他们切腹自杀，这是一种极其残忍的自杀方式。从这个角度来看，他倒是来对了。

他又点开了一部武士电影，但是眼睛却不看屏幕。接下来的飞行时间里他都处于一种精神紧张的打盹状态。他感受不到自己身边的环境，仿佛屏蔽了其他乘客，一切都模模糊糊，就像被浓浓的雾气包围，只不过这雾压在他身上，他用尽力气想把雾气撑开，免得被它压死。他绷紧了肩膀和后脖颈，觉得自己像石化的擎天神阿特拉斯。他连一分钟都没睡着。

飞机落地之后他又查看了短信，可是没人理他。现在正好是假期，在未来的几个星期，他不会错过任何约会，大学那边也没人会惦记他。讲课要到十月底才开始。在那之前他只有一件事，就是在慕尼黑的一个学术会议上做一个报告——在等行李的时候，他就取消了这个报告。

他换了日元，在小书店里买了一本旅游指南，还有几本英语版的日本经典文学。有松尾芭蕉的作品，还有《源氏物语》《枕草子》。提到日本经典作家，他总感觉，每个人，包括他自己，随随便便就能说出几部经典作品的名字。可是当他站在摆满文库本的书架前时，他不得不承认，自己这一生中顶多只看过几部日本电影而已，甚至连一句俳句都背不出。

　　他仔细地把书放进皮包里，然后乘坐成田机场快线来到了东京市中心。他从东京站乘坐出租车去了宾馆。就是这么简单。他就这样自如地来到了地球的另一端，没有障碍，没有延迟，没有问题。出租车司机戴着白手套，身穿制服，戴着一顶宽檐帽，扣子亮闪闪的。他不会说英语，当吉尔伯特把写着地址的小纸条递给他时，他很明白地点了点头。整个行程中两人都沉默不语，这让吉尔伯特觉得很放松。丝绒的软坐垫上盖着白色的蕾丝布，车子平稳地行驶，就像婚礼蛋糕和芭比公主马车的混合体。一路上既没遇到堵车，也没遇到红绿灯，路上的车辆也不多，外面的世界就像消失了一样。他们到达目的地之后，司机把行李递给他，不停地鞠躬。一扇玻璃自动门毫无声息地打开了。

　　他的房间像一个白色的立方体，显得无比空旷。里面有一张白色的床铺着白色的床单，还有两个白色的方块墩子，显然也是某种家具。房间的风格十分简洁，非常时髦。有那么一会儿他呆愣愣地站在房间中央，完全不知道自己该干什么。之后他就躺倒在床上，立即昏睡了过去。

　　白日梦。喝茶的国家，武士。执剑的武士决战前夜换上了丝绸长袍，去拜访茶道大师。在竹子围墙后面的迷你花园里，他跳过一块块光滑的石头来到茶寮，门太小，他不得不弯腰，几乎像是匍匐着爬到了大师的面前。茶道大师话很少，把抹茶打出泡沫，递给客人，客人还有机会在可能送命之前再欣赏一下插花，看看写着书法的珍贵卷轴；他还有机会让自己沉浸在这个房间里，植物的影子摇曳生姿，笼罩在让人屏息的寂静之中。

　　第二天一早，他带上武器奔赴战场。他拥有神秘的力量，不只是他的剑像自己有生命一样出神入化，他还会飞，而其他人顶多也就能奋力一跳而已。这些能力为他赢得了"战无不胜的剑术大师"称号，可是对方的人数远超自己这一方，他们明显处于劣势。他满怀悲壮地浮在战场上空，看着那些扭曲得极不自然的身体，他救不了他们，只能离开。他越飞越高，直到能看见远处波光粼粼的大海。从天空俯瞰日本，无数的小岛屿，长满了森林的山脉，一种丝绒一般的绿色，被迷人而隆重的蓝色不断冲刷，他最后一次从空中再看一眼日本那美到有一丝残忍的景色，然后就要遵守当时战败者的风俗剖腹自尽。

吉尔伯特·希尔维斯特在飞机进场时俯瞰了日本的岛屿，它们笼罩在初升太阳的光芒里，这种景象有那么一刻彻底征服了他。这会儿他在一个光秃秃的酒店房间里醒了过来，一开始完全不知道自己身在何方。完全不知道这两个到膝盖那么高的方块是干什么用的，它们是哪儿来的？难道自己是在健身房里昏过去了一小会儿？难道是他毫无征兆地走进了一个冰块广告里？难道是他不知深浅地在参与拍摄一部电视广告？他走到落地窗前，把雪白的窗帘拉到一边，看到了东京高耸入云的玻璃大楼。他是如何顺利来到这个城市的？他来这里干什么？对面玻璃的反光直射他的眼睛，他不由得狠狠地眯起眼。那些玻璃就像一层又一层蓝色的墨镜镜片，一点儿也不亲切，冷冰冰的。他来这里干什么？他不禁将这一句话说出声来，就好像距离他熟悉的一切非常遥远。他直接来到了一个自己最不熟悉的地方，来到想象中最不熟悉的环境里，最可怕的一点恰恰在于，这个环境看起来一点儿都不可怕，只是功能性很强，甚至谈得上有一丝华丽，有一点儿索然无味。他去冲了个澡，换上一件干净的衬衣，坐着电梯从二十四楼下来。

此时正是傍晚时分，天气还有点儿热，大开间办公室里已经亮起了一些灯光。吉尔伯特晃晃悠悠地沿着车水马龙的街道往前走，任由自己被巨型十字路口汹涌的下班人潮裹挟着。他本应该给自己买点儿吃的，可是却打不起精神去做一个明确的决定。他时常会觉得自己变成了透明的，这种透明感与轻盈无关，而更多的是一种无力感。他占据空间，挤压出空气，摆动自己身体的能力似乎很奇怪地受损了。因此他觉得连行走都变得困难，他感觉身边人工作结束之后那种骤然而至的激动在推着他一步一步往前走，似乎他是一具僵尸，正在吸取身边的人散发出来的能量，而他自身一点儿驱动力也没有，不知道该往哪里去，所以就毫无目标地跟着人流走。

玛蒂尔德没有给他打电话。在酒店踏入电梯之前他还特意又最后查阅了一遍信息。有一条信息是关于他取消会议报告一事对方表示遗憾。玛蒂尔德一条信息都没发。他只能猜测，事情的发展对他而言完全出乎意料，而她则完全认可，现在就准备彻底按照自己的计划往前走了。她总是有很多忙碌的事情，以前也总有那么几天，她工作忙得不可开交，压根儿顾不上和他说话。

她在一所文理中学教音乐和数学，还负责教师培训。她被视为专业教学法的领军人物，作为沟通天才和秘密武器，与他的工资相比，她的报酬简直称得上很好，而且她极受欢迎。

可是即便遇到不可估计的不幸事件，她也应该能够抽出一分钟的空闲时间来联系他啊。他这边一定要保持强硬态度，继续等下去。在发生了这么多事情之后，理所当然应该由她来迈出第一步。也很有可能是她不敢来试探他，现在他已经知道了她犯错的事儿，她肯定想先等他的怒火平息再说。现在这是她的任务——感动他，才能求得他的原谅。她压根儿不联系这件事本身就是一种闻所未闻的侮辱。他是无论如何都不会先联系她的，他才不会服软，他可从来都不会低眉顺眼地忍受侮辱，在这一点上绝不能让步，千万不能再把另外一边的脸伸过去让人打。只不过他觉得很遗憾，她在这种情况下都不知道他被逼着跑到这么远的地方来了——他，吉尔伯特·希尔维斯特，孤苦伶仃地在东京游荡，离家这么远，他从来都没有去过这么遥远的地方。除了妻子之外，他也没有任何朋友能说这件事儿。如果是玛蒂尔德从高空俯瞰下面日本的岛屿，也应该会觉得很美妙吧。

滚滚的人潮涌向地铁站和公交车站。他来到了一条全是小饭馆的背街，这里就像一个峡谷，紧挨着高楼大厦，夕阳的余晖斜斜地照着那些大楼。他在一家寿司店里挨着窗边的柜台坐下，观察着急匆匆走过的人群。商人、秘书、中学生，还有几个家庭主妇。男人们全都没有胡子。平整整的黑头发，平整整的脸，平整整的熟练微笑。一个年轻男子晃悠悠地走过，留着络腮胡，穿着合气道的肥大裤子，头顶的头发梳成一个武士结，但是老远就能看出来这个留胡子的人是个欧洲人。关于日本人的胡子有很多不同的理论，最无聊的一种就是面相学理论——有些亚洲族群的人体内缺乏一种基因，或者可以说是负责长胡子的那种东西吧，所以他们只能长出非常稀疏的几根胡子，稀少得压根儿不能视为身份的象征，所以还是剃掉为好。另外还有一个理论说，这些处于最好年纪的无须男人都是受人指挥的人，公司要求职员必须保持精心维护的外貌形象，留胡子是大忌。所以在日本压根儿不会看到一个在职场打拼的雇员脸上有哪怕一根胡须。第三种理论是基于日本人普遍存在的洁癖。如果有人走到街上，脸上胡子没剃，别人就会认为他这一天没有按照约定俗成的规矩使用过浴室，没有洗脸，这在一个追求洁净成癖的国度简直是太可怕了。这几种理论都完全没有考虑蓄须和上帝的模样之间的关联这个关键性的问题。吉尔伯特·希尔维斯特在此前的研究工作都是以欧洲为中心来思考的，而这很有可能成为一个全新的研究领域。他对自己说，这倒是可以赋予他此次旅行一个意义。他研究西斯廷小教堂里米开朗基罗绘制的上帝像已经很长时间了。上帝被带翅膀的裸体小天使们托举环绕，用一种十分慵懒的姿势躺着，将手伸向亚当，他完全放松的手指用一种轻微的、带电的触碰释放出一丝生命的活力，上帝留着一把络腮胡子。众所周知米开朗基罗喜欢男人，西斯廷小教堂对同性恋界产生的影响是吉尔伯特在研究中特别感兴趣的地方。总是充满偏见的大众认为同性恋男人都很自恋，可是与这种偏见相反，一个同性恋男子绝不会认为自己是这幅画里的上帝，而往往会将自己等同于那个年轻、满身肌肉、被欺骗了的、消极的亚当。这幅画里的亚当是按照希腊雅典的雕塑画出来的，只是没有体毛，所以吉尔伯特得出了一个论点：这幅画对现代生活外表要求中的全身脱毛做出了重要贡献。与亚当的形象相反，上帝是打破了弗洛伊德理论里触碰禁忌的那个人，是一种代表性欲的力量，代表了另外的一方，代表另外那个男人，这与下面这个说法一点儿都不冲突：艺术家按照最好的文艺复兴习惯将自己的形象画成上帝，特别是这满脸的大胡子。如果将这种欧洲传统里圣父形象的大胡子与一个日本的原型相比较，倒是一种很有成果的研究行为。

窗外那些下巴光溜溜的日本人像海浪一样涌过，吉尔伯特突然感觉内心得到了安慰。他这不是有一个任务吗？一个到这里来的理由？他吃掉了寿司，尽管他不太喜欢生鱼的味道，一开始没有吃外面裹的紫菜。可是他喜欢那种黏黏的寿司米，寿司能让人看到是用什么做的，这一点让他略感安心。这是他在日本吃的第一顿饭，他实在没兴趣去挑战一些大胆的实验，比如用勺子喝那些陶土碗里压根儿不认识的配料熬煮出来的浑浊的汤。他吃着那些按照嘴巴的尺寸卷出来的米饭卷，只要上面不是鱼就行，他吃完了用紫菜包裹的饭团，然后又点了一些清酒，吃了一块三文鱼。这时他才意识到自己有多饿。他几乎吃完了所有东西，只剩下一段拇指大小的鱿鱼须。

他在好几层的高架路下走过，惊讶于那些炫目的霓虹灯招牌，街道上干净得令人难以置信。同时，他还留意着别走得离酒店太远。他的方向感一向很好，轻易不会迷路，只不过这座城市他太不熟悉了。路上的行人都散发着一种完美主义的光环，一种完全的自我掌控，都像吃了防腐剂。到处干干净净，完全没有那种让人心生厌恶的邋遢角落，没有随意丢弃的垃圾，也根本不会遇到蓬头垢面的人，或者那种肮脏的街角，没有那种散发着令人不悦的气息，让人想要绕着走的地方。

吉尔伯特走在人流中，大家彼此之间都保持着适当的距离。而在他家那边总有人会在大街上挥舞双臂，对其他人发泄怒火，就算他们什么话都没说，也让人感觉到有些陌生的情绪压在心头，只要在城里走一圈就会被坏情绪污染。而在这里似乎大家都是塑料做成的。这令他多少有些不安。他继续往前走，试着与其他人保持步调一致，一面还要仔细留意着自己走过的路线。最后他认出了车站的大楼，那就是此前自己到达东京的地方。东京站是新巴洛克式风格，红色的砖，有圆顶。他实在不知道自己今天第二次来这里是想要干什么。他想回酒店，他想要离开。这是乡愁吗？对远方的思念？他特别想要离开，有多远走多远，不过按照他家所在的位置来说，他已经来到了世界的另一端，在遥远的距离上再增加个几公里也许不会让他心情更轻松。他走进车站，看着熟悉的大厅，大厅似乎在对他轻声细语，他认识这里的一切：自动售票机、闸口、检票员，所有这些他今天已经见过一回了。他从自动售票机上取了一张站台票，然后踩着向上运行的扶梯来到站台。

而这时天已经彻底黑下来了。能看到有灯光照射的地方很多游客来来往往，而后面的黑夜就像一面穿不透的墙。吉尔伯特在站台上停留了一会儿，观察着进站的列车。日本新干线优雅地滑进站台。按照流体力学设计的车头有一个尖嘴一样的突出部位，整列车就像一条龙。银色的水龙，光闪闪滑溜溜。之后又来了一列，仿佛龙身上巨大的触须被涂成黄色和红色，像燃烧的火焰。吉尔伯特很想做一下笔记，可惜他把皮包还有里面的书写工具都留在了酒店房间里。下一列车闪亮的大灯后面是绘制在车身上紫红色的线条，表层就像龙的上唇一样逐渐加强，似乎掠过了所有的列车，触须迎风飘舞，古老的龙，长得无边无际的胡须，飞行的时候紧贴着身体。

　　吉尔伯特愉快地朝着列车开进来的方向走去，清洁人员迅速地冲进车厢，收集垃圾，用吸尘器吸座椅，而他则伸出手触摸那些紫红色的线条。乘客们纷纷上车，列车开走了，吉尔伯特一直目送着它驶向远方。然后他在站台上找了一个人不多的地方，背靠广告牌，给玛蒂尔德打了一个电话。

　　——我是吉尔伯特，他的语气很正式。

　　——你在哪儿？

　　——我在东京。

　　——什么？

　　——我说了：东京。

　　——这个笑话真糟糕。她声音痛苦，有点儿敲诈勒索的劲儿。

　　——没人想开玩笑。

　　——你为什么要折磨我？我怎么对不起你了？

　　她急促地说完，放声大哭。她！可真干得出来，用两句话就把自己从肇事者的角色变成了受害者。他听到她在听筒的那一端抽泣，感觉自己能听到眼泪掉落在什么表面上的声音。他痛恨女人这种非理性的战略，她们在谈话的时候总是心不在焉，要不就是将谈话调转到完全不同的方向上去，这些都在他意料之中。

——你连电话都没打一个，他冷冰冰地说。

——我一整天都在不停地打你的手机，无法接通。

——我在飞机上，他的语气更加冷淡了。

——也不可能超过十个小时吧。

——我说过了呀，是长途飞行，他说。

他听到她小声说了句什么，似乎是"你为什么不停地撒谎，你这个讨厌的家伙"，他听不太清楚，为了公平起见，也不能瞎猜她到底埋怨了什么，也许她根本没这么说。他刚想让她把刚才那句话再重复一遍，她就给挂了。

他再打过去，可是她不接。

一方面他感到自己松了一口气，因为这样的通话会朝着对他不利的方向发展。另外一方面他又开始担心。她听起来很困惑。她根本不理解到底发生了什么。她甚至都没听懂他真的在东京。那她以为他在哪儿？难道她还会以为他跑到月球上了不成？如果他没去以前曾经去过的地方，又能去哪儿？这让他十分恼火，因为不仅要说明他身在哪里，他还得拿出证据来。他就在地球上，至于具体是哪里，他觉得完全无所谓啊。她甚至都没问一句他过得怎么样。

他又拨打了她的号码，那是他们家里共同的座机号码，现在这个号码不再属于他。他在拨打的过程中居然还按错了键，又重新拨了一遍号码，之后索性放弃了。

他慢慢地沿着站台走，远离那些旅客，一直走到站台的末端，那儿空无一人。地上的标志线在这里结束，旅客上车之前就沿着这些线来排队，这里拦了一道栅栏，阻挡乘客走到铁轨上去。吉尔伯特站在一根柱子的阴影里，这样他觉得心里踏实一些。他身体紧靠在柱子上，等了一会儿。他在等待下一趟列车，等待第二天，等待丝绒般的黑夜降临，黑夜从火车站的灯光一直通入看不到的远方。

交通高峰慢慢退潮了。一个年轻人肩头背着一个运动包，沿着站台朝着他站的地方跑过来。他经过吉尔伯特的身边，压根儿没看到他，他慢慢跑着，就像被一根看不见的带子拽着，一直来到站台最末端，在栅栏前小心翼翼地摘下运动包。他整理着包的形状，想把褶子抻平，可惜一直没成功。吉尔伯特看着那个包塌下去，又重新被扯得平平展展。他觉得自己似乎也在这样做，只不过他的努力无人认可。

青年男子围着包蹦蹦跳跳，最后似乎有那么一刻他把包整理到了一个暂时让人满意的状态，虽然还是有点儿松垮。他后退了一步，观察着自己的作品，直到此刻吉尔伯特才恍然大悟，自己为什么觉得这个男子有些奇怪——他留着一撇时髦且精心维护过的小山羊胡。吉尔伯特·希尔维斯特决定上前和他搭话。

表面上看胡子的事情相当简单。上帝留着络腮胡，撒旦留着山羊胡。在圣像学研究中，撒旦的形象来自古老绘画中潘神的形象，他留着山羊胡，长着山羊蹄子和尾巴，直到今天，那些绘画媒体，尤其是故事片，还是会使用山羊胡这个形象符号来塑造道德堕落的人。而年轻人，尤其是刚刚摆脱青春期的年轻人则喜欢把自己装扮成坏小子来吸引姑娘们的注意。用脸上这一点代表刚硬的胡子来抗议别人说他们性格软弱。无人需要的青春，本质上无非就是按照某种方式装扮自己，表示青春就要退场。

那个小伙子现在背对着他的包，做出要翻越栅栏的样子。他的腿刚要跨过去的时候，吉尔伯特从背后抓住了他。那人吓了一跳，从栅栏上滑下来，缩手缩脚地站着，深深地鞠了好几个躬，神色非常尴尬。吉尔伯特说了一句英语，尽可能地让自己的语气礼貌一点儿，一开始的套话是说自己不愿打扰别人。"不，没有打扰，"年轻人低着头嘟囔道，"一点儿都不。"说这话的时候他的额头深深地俯向地面。他道歉了好几次，说让他觉得打扰的是火车站最近刚刚装上的路灯，这种蓝色的 LED 灯光阻止了他，让他对自己的决定踌躇不前。这种灯光能让人的心情变好，这是一种散发着正能量的灯光，安装这种灯的本意就是冲着他这样的人。他本来以为也许能够避开这灯光，将决定付诸行动。

他说对不起。他没能做到。

年轻人的英语极其糟糕。吉尔伯特有点儿尴尬，又有点儿感动地盯着那一抹稀疏的小胡子随着他说话时的头部运动上上下下。按照研究里的描述，这是一个倒三角形，会被人的大脑视为威胁信号。这些稀疏的绒毛离充满个性的三角形还差得远。吉尔伯特觉得在这种时候还是别提胡子这茬儿更好些。

吉尔伯特最终想到还是要说一些表示赞赏的话吧，于是说自己在旁边观察了半天，看到他特别细心地整理自己的包，想必他应该是一个很有责任感的人，他一定尽心尽力地报效国家和社会。他，吉尔伯特，想代表所有的外国人表示感谢，因为日本这个国家简直是太棒了，这么干净，没有异味，旅游资源开发得好。

吉尔伯特以前不知道在哪里读到过，和企图自杀者谈话要尽量把话题引到别的事情上去。这一点在日本尤其奏效，因为良好的礼仪就包括一个年轻人必须回答年长者的提问，哪怕他根本没听懂。

小伙子拿起包跟着吉尔伯特朝着出口走去，此时他的那撇山羊胡在颤抖。

高岛平

拓麻与谢[*]本想卧轨自杀，因为他担心自己的考试没有通过。包里有一封告别信，写得非常认真，还签上了日期。他在大学学习石油化工，成绩不错，但是也许还不够好。因为担心被社会排挤才特意留了胡子，可这样的外表没有哪家公司会聘用他。万一应聘失败了还可以用胡子当借口，而如果幸运降临，真的有哪家公司愿意聘用他，他再把胡子剃掉。可是现在他对考试的恐惧与日俱增，彻底麻痹了他的神经，令他无法思考，更别说还要背下来那么多东西

了。因此考试进行得很不顺利。他的父母经营着一家小小的茶叶店，他们没日没夜地工作，就是为了负担他的学费。他是家中独子，实在不愿意让父母感到深深的绝望。

与谢小心地啜饮着一小罐啤酒。吉尔伯特把他带到了自己下午吃过饭的那家寿司店，给他买了一点儿吃的东西，提了几个不涉及个人情况的礼节性问题。与谢一一予以回答，就像一位问询处的公务员，还有半个小时就要下班，可是最后的一位访客却偏要喋喋不休地提问。

最后他小声地说，他必须回去了。最后一班列车马上就要开走了。

吉尔伯特突然说，没有意义。地点挑得太差了。他自己也承认那里灯光不好。难道就找不到一个更好的地方来实施计划了吗？

拓麻与谢把身体缩得更小了。他解释说，那个地方确实不太好。为了达到目的，有一些好地方和坏地方。对于这些地点，日本有着严格的等级划分。好的地点包括大西洋海岸边的东寻坊悬崖，非常好的则是三原山的火山口，而东京站属于差的地点，这里太俗气，而那些跑到悬崖边上寻短见的人则会感染到悬崖的庄严气息。作为一文不名的大学生选择东京站，他觉得这是恰当的，当然他也梦想着自己有朝一日沦落到这般境地的时候，能够在大西洋岸边的某一处悬崖上纵身一跃。这些岩石形成的悬崖峭壁有一种被腐蚀的美感，必须捕捉到正确的时刻，太阳正好以某个特定的角度照射到岩石上。

与谢说得兴致勃勃。之后他忽然回过神来，又迅速恢复了之前那种认命的语气，这倒是挺适合他。

吉尔伯特向他保证说，我们要找到一个更好的地方，这句话听起来有点儿居高临下的架势，所以与谢默许地点了点头。

两人将啤酒喝完，吉尔伯特·希尔维斯特将年轻人带回酒店房间过了一夜。他叫服务员搬来了一个床垫，铺在他对面的墙下面，尽可能离他的床远一点儿。拓麻与谢因为被抓了个现行，被人看穿了自己的意图，遭到了责备，所以显得很顺从，毫无怨言地接受了吉尔伯特的一切安排。一整晚他都因心情过于激动而发抖，现在他无精打采，觉得很丢脸，同时又筋疲力尽，所以立即就睡着了。

吉尔伯特小声嘟囔着，我们要找到一个更好的地方，只不过不是今天。现在也错过了再给玛蒂尔德打电话的机会。他不想吵醒与谢。尽管如此他还是掏出手机看了一眼屏幕。上面显示有四十三个未接来电，时间都是昨天，全是他妻子打来的。她就是这样一个人，一旦脑海里闪过一个念头，一定会不遗余力地去做。他穿上睡衣，又从皮包里取出在机场买的那几本书。床头的阅读灯照亮了一小片区域，房间里其他的地方笼罩在黑夜之中。吉尔伯特·希尔维斯特又读了一会儿松尾芭蕉的游记。之后他关了灯，在黑暗中辗转反侧了很久都难以入睡。

松尾芭蕉是个伟大的作家，日本俳句的革新者，曾经去危险的日本北部荒野旅行。他一共步行了两千四百公里，这次令人疲惫的徒步旅行充满艰难险阻，被他视为一次朝圣之旅。一方面他在旅途中拜访了很多重要的地方、神宫和纪念碑，另外一方面他沿着自己景仰的前辈们走过的路线，特别是踏着五百年前在此云游过的诗人——西行法师[*]的足迹，拜访了寺庙和神龛，赞叹过自然美景，在不同的站点写下了很多诗歌。

西行法师出生于一个富有的古老家族。他曾在宫廷任职，绝对会有一个光辉前程。他是当时大师级的骑士和非常厉害的剑客，而且相貌还极为英俊。在一次歌人比赛中他写出了最美的和歌，获得了一把价值不菲的剑和珍贵的丝绸长袍作为奖品。眼看着他接下来就会成名成家——他还很年轻，身体灵活敏捷，未来一片光明，可是突然之间他却离开了京都。世间万物转瞬即逝令他困惑，宫廷里的虚荣令他不齿。他没有做出任何解释就离开了受人尊重

---

* 西行（1118—1190），俗名佐藤义清，平安时代末期至镰仓时代初期的武士、僧侣、歌人。出家后在各地漂泊结草庵，巡游诸国，留下许多和歌。

的君主，离开了亲爱的妻子和孩子。他发下誓言，背井离乡，离开了首都，孤身一人踏上旅途。他渴望得到认可、救赎和顿悟。他渴望看到月亮，观赏照在樱花树上的月光。

芭蕉出发的时候已经四十五岁了，此后他又活了五年。此时他早已名声斐然，学生、朋友和崇拜者环绕他身边，巨大的声望反而成了一种负担。这么多人来来往往分散了他的注意力，让他无法专注于诗歌创作。

为了摆脱一切尘世的烦扰，他选择和自己的偶像西行法师一样去北方旅行。他也和西行法师一样渴望摆脱社交生活，追随诗歌梦想，获得对世界崭新的认识，从而在诗歌写作上实现彻底的创新。

芭蕉变卖了自己的小屋以及所有家产，向朋友们告别，然后就出发前往艰险的内陆。这既是一次对身体的考验之旅，也是精神重生之旅。芭蕉的心中有一个榜样。他像几百年前的西行法师一样，渴望着月亮。他渴望见到松岛的月光。

松岛，日本最美的地方，松岛海湾。这让吉尔伯特格外喜欢。他的情况其实非常相似，他几乎丢下了一切，完成了一次突然的撤离，来到一个距离西欧非常遥远的地方。和芭蕉一样，他并没有告诉妻子自己的计划，甚至还取消了研讨会。

前往松岛的游客都是些疯子，崇拜月亮的人，还有各种古怪的人。他们编撰出自己的传奇故事，在他们眼里写诗超过一切，只有写诗才能让他们的思想之路走向虚无。他们是极端主义者、禁欲主义者，为某种特别的美而感到疯狂，比如花朵一般转瞬即逝的美，月光那种暧昧的美，内敛的风景那种模糊的美。

吉尔伯特想象着黑色松树上方的一轮满月。银色的月光洒在松树的剪影上，也照着古老的流浪诗人那布满沧桑的脸。流浪的僧人，胡子到膝盖那么长的艺术家……他激动地冲着黑漆漆的房间发笑，似乎那就是宇宙洪荒，然后用拳头从两边把过于柔软的枕头捶得高一点儿。他心里有了一个目标。

不知道是夜里几点，他又在一片彻底的黑暗中摸索到手机，把屏幕按亮。这段时间他错过了两万五千个来电，他怎么连一个都没听见。也许是手机的铃声出问题了。这会儿去听语音留言也没什么用，要听完这么多条信息恐怕需要几天几夜。如果真有人想要找他，一定还会再打过来。

两万五千个来电，像两万五千根松针，在月光下发着光。松针在风中颤抖，然后从枝条上脱落，在地上又形成了一些线条，就像被磁铁吸引的铁屑。像笔画非常细腻的素描，来回晃动交错的阴影线。到处都是灰色的柏油路，让人压抑的虚空。一个站台，一个栅栏。无数晃动的松针。列车进站了。

吉尔伯特·希尔维斯特被浴室里的声音吵醒了。那个日本人将地垫仔细地卷好，藏在白色的方块家具后面，几乎不占任何空间。通往浴室的门比地面高出十厘米。从这道通风的缝隙里飘出来白色的水雾。通往浴室那面墙上挂着小伙子的运动包，拉链是拉开的。吉尔伯特留心不要碰到任何东西，往里面看了一眼，有些换洗衣物、纸和笔。最上面有一本书，封面插图隐约能看出来是几口棺材，因为要赶时髦的缘故，将日文的书名也用英语印了出来。《自杀完全手册》。一本典型的地下读物，目标群体是大学生，他们尽管有些个体差异，但总的来说作态扭捏、举止晚熟，对自己的认识还不够清晰，幼稚可笑。与谢表现得比较拘谨内敛，但内心却渴望成为一个强者。吉尔伯特教的那些大学生情况也差不太多。艰难的存在状态，他们也清楚这种艰难的存在状态会一直延续，也许正因如此他们才会选修吉尔伯特的课程吧，因为在这个方面他自己就是大学生们最好的榜样。

吉尔伯特暗中希望拓麻与谢在浴室里再多待一会儿，

所以他拨通了玛蒂尔德的电话。

铃声响了很久她才接听。他替自己觉得遗憾，毕竟他还是忍不住打了这个电话。在目前的状况下，他推测她一直在等待他的来电。因为她听起来很生气。

——深更半夜打什么电话啊！

此刻他才忽然反应过来，自己忘记了他们之间还有时差这回事，于是赶紧道歉。

——对不起啊，我忘记了时差。

——当然有啊，你不是在东京嘛。

她语气里有一丝施虐狂的气息。

——和你不在同一个时区，这种感觉是有点儿奇怪。

如果这算不上爱意的表白，那至少也是一种和解的尝试吧。

她犹豫了一下。

——你什么时候回来？

他像受到惊吓一般沉默不语，因为他自己还没有考虑过这个问题。

——从昨天夜里开始情况变得有点儿复杂，他终于开口说，一边看着浴室的门，电话另一头的玛蒂尔德当然看不到这边的情况。

——那我猜，你还要待一阵子。也许等情况明朗了，再给我打电话吧，她有点儿唐突地说。通话就这样结束了。

浴室里水流的声音已经响了挺长一阵子了。吉尔伯特轻轻敲了敲门。在目前这种状况下再怎么小心都不为过，尽管他好心相劝，但是那个小伙子完全可能把自己淹死在浴缸里呀。不过还好，与谢立即应声回答，说他马上就出来。

他必须给玛蒂尔德发一条详细的短信。否则她很可能会冒出报警的念头，说他失踪了，或者说他神经错乱，最惨是两项叠加起来。警察很有可能对他的手机进行定位，找到在东京的具体地址，以便证实玛蒂尔德的猜测。一直以来他经常因为她世界观不够灵活而生气，还有她过分追求完美，有强迫症。很多人都会为了周末购物飞去纽约，或者临时起意飞到澳大利亚去冲浪，为什么他临时决定到东京来个短途旅行就被别人认为是疯了呢？他是成年人，有行为能力，用信用卡支付，他用不着向任何人解释道歉。他想来想去，觉得自己最好还是和妻子说这一趟旅行是为了调研——对于日本人胡须态度的认知取得了突破。玛蒂尔德属于这种人，只要说什么事对职业生涯有利，她就立即认为是合情合理的。所以他开始用手机小小的按键来写一封比较长的信。

他的信还没写完，那个小伙子就从浴室走了出来，身上还穿着酒店的浴袍，在自己的运动包里翻找，拿出一张纸，盘坐在那个方块墩子前，开始写第二封告别信。他用的信纸上有毛笔画的富士山，可是山顶环绕着云朵，所以很难认出来是富士山。吉尔伯特叹了一口气。一方面这个小伙子接受了他的影响，也开始听从他的建议，头脑里冒出点什么想法时就去写下来，还知道如何使用那个怪家具，总的来说他的表现很平静。另外一方面他又过分沉溺于青少年惯有的那种夸张的戏剧性。写完一封告别信后又写一封，富士山的轮廓并不清晰，就像是含泪的双眼看到的景色。他可真是个可怜虫，简直是不断测试人的耐心，这个不折不扣的熊孩子。

　　他们一起来到餐厅，找了一张窗边的桌子落座。与谢喝了一碗不知道是什么东西煮的粥，喝了一杯绿茶。他穿着一件干净的白衬衫，头发闪闪发光。吉尔伯特这才注意到他非常苗条，坐得很端正，手部的动作十分优雅。吉尔伯特给自己拿了一套欧陆早餐，有咖啡、吐司、炒蛋和橙汁。他一边吃，一边让自己习惯面前那一碗粥。灰色的，黏稠的东西。真是搞不懂为什么日本被视为文化高度发达的国家。

　　他们俩都没说话。与谢一直低着头，等到吉尔伯特将刀叉放在一边之后，他才恭顺地感谢吉尔伯特对他的帮助和同情，还有提供食宿。他说是吉尔伯特给了他勇气，给了他自信，他永远都亏欠吉尔伯特的，这一辈子都无法报答，所以让吉尔伯特联系他的父母，他们一定会充满喜悦地从茶叶店挑选最好的茶叶寄给他。他用双手小心翼翼地递给吉尔伯特一张写着地址的小纸条，深深地鞠了一躬，然后说他今天就出发去寻找更好的地点。

吉尔伯特不可置信地抬起眉头，看到与谢露出深受打击的表情。他可能流露出了一丝怀疑，与谢的脸上立即就像鹤群飞过投下了阴影。与谢两只手放在膝盖上，身体笔直，低着头解释说，他有一本手册，里面画出了好的、差的、一般的和比较好的地点。他在一番思索之后挑中了一个比较好的地点。

吉尔伯特尽量克制自己脸上不要有任何表情。

好的，他说。他要一起去。

在去地铁站的路上，与谢背着装了那本手册的运动包，吉尔伯特带着皮包，里面装着芭蕉的游记。他还没读多少，不过开头就已经说服了他。僧侣般禁欲，内敛又谦虚，精神上的贫瘠。他自己这个出走计划的重点在于达成一个彻底的决裂，就在他与社会之间，他与社会规范之间，要隔绝开资本主义产生的强迫感，这种艰难的感觉简直无所不在。找一个最陌生的地方来一趟朝圣之旅，为了找回内心的自我，不同于温顺的公民用钱就能买到的那种自由。他自己虽然算不上多么富有，但是他的钱还足以支付接下来的飞行。这趟旅行也许并不能解决他的所有问题。就连他妻子都不相信他正在做这样的旅行。

他们乘坐三田线前往高岛平。与谢买了两个人的车票，带着他穿过地下迷宫般的车站，这里到处是上上下下的扶梯和熙熙攘攘的通道。与谢在车里找到了两个座位，对他解释说，路途很长，他们几乎要坐到终点站。他把运动包放在自己膝盖上，取出那本手册，没再说话，埋头看书。吉尔伯特也拿出书来，却读不进去。他闭上眼睛，听着列车行进的声音，听到车厢门开开合合的声音。过了一会儿他惊醒了，原来是与谢正在轻轻地触碰他，说要下车了。与谢把吉尔伯特手里掉落的书递给他，很钦佩地说，松岛。啊！松岛！他也动情地说道，看着与谢的山羊胡子抖动着。

他们离开了车站，来到一个毫无特色的郊区小镇。与谢在寻找那本手册里印着的一条路线。吉尔伯特慢慢地走在他旁边，突然觉得自己筋疲力尽。

到处都是预制板房。所有的房子都长得一样，都是十层楼。堕落、贫穷、便宜的住宅区，社会焦点。这里看起来很像柏林郊区的赫勒斯多夫，也像莫斯科的外围地区，像西伯利亚。吉尔伯特实在想不出在这样的区域哪里能找到一个比东京站更好的地点。

与谢领着他走过一个购物中心，里面有几个孩子在玩滑板。没人买东西。他们又走过了几个街区，然后与谢朝着一家的大门走过去。门没有锁。入口处光秃秃的，没有闲置的儿童车，也没有垃圾，只有新粉刷的白墙，干净得像一个医疗机构。这里并不是一个舒服的住处。电梯停运了，他们只能走楼梯爬到十楼，再爬消防梯来到楼顶。没有人阻止他们。整个过程都很平常。

站在楼顶视野还算开阔，但是看到的也无非就是这个居民区同等高度的楼顶。感觉就像站在一个灰色的广场上，地面有几处地方有深坑。这个广场最外边隐隐能看到山脉的影子，就像与谢告别信里画的一样，山顶被云雾遮盖。难道其中有一座就是富士山吗？吉尔伯特认不出来。恍惚中他想应该去找一下信息牌，就像瑞士一些景点安装的那种，上面为游客介绍环绕的群山，上面还会用细腻的线条画出每座山顶的轮廓，标注着名字和高度。

但这个屋顶上空荡荡的。吉尔伯特没问与谢他的手册里是否有更详细的说明。如果这里能看到富士山的话，对这个地点而言当然是一个加分项。不过也有另外一种可能：那本手册遵循的是另外的标准，之所以推荐这个地点是这里压根儿没有任何有趣的东西。这个地方让人压抑和失望，对于一个已经厌倦生活的年轻人来说，这里只会让他的念头更加坚定。

与谢看起来也不太确定房顶的质量是否符合他的要求。他好几次走到屋顶的边缘，探头去看下面的街道，又退回来，再去另外一边观察一下。这栋住宅楼临街的一面有阳台，方便居民晾晒衣服。他们正下方的某个阳台上晾了一件粉红色的连帽毛衣，被风吹着从栏杆上方一晃而过，绕着衣架往下落，重新又回到起始位置。

与谢又拿起手册看了一下，很明显上面说了哪个方向更合适，因为他找到了临街的那一面，跨着大步测量距离，似乎是想先来一段助跑，还用鞋底测试地面的防滑程度。在这一系列如房产中介般的举动之后，他突然安静下来，两腿交叉坐在屋顶边缘，一动不动很久，像是在冥想，眼睛盯着远方的一个小点，吉尔伯特猜测那里应该就是富士山。最终他站起身来，把衣服抚平，然后对着吉尔伯特鞠了好几个躬，要把运动包托付给他。吉尔伯特没有接，而是朝着来时的方向走，把地上的一个小石头踢到一边，很奇怪它是怎么来到屋顶的。小石头碰到了屋顶加固边，那个加固边纹丝未动，小石头又反弹到消防梯上，很专业地每弹跳一次就下一个台阶，最后消失不见了。

亲爱的玛蒂尔德!

在东亚文化里深邃是至高无上的。深邃意味着不引人注目,不是这样也不是那样,既不会太大声也不会太显眼,而是一种平衡的内敛,所以不那么敏感的人,尤其是从外国来的人,几乎觉察不到这种特质。它不会冲在前面,因为它过于重要,也不会充当背景。它是一种中庸之道吗? 它很重要吗? 它是秘密吗? 这些都不是。它无色无味,没有清晰的印记,它是微妙的,也许和西方传统里被称为崇高的那种品性有关。它也不会体现在权力和暴力中,放纵无度的生活里体会不到它,也不在特别宏大或者掌控全盘的局面里。在那些冷静、悬垂,同时又充满威胁性的岩石上无法体会到这种深邃,而是在安静地观察荒凉的芦苇滩或者干枯的秋草时,在没有什么亮点的大自然里,在一片虚空和伤感的风景里。可是不管沼泽还是草,或是竹子构成冥想的物体,褪色的叶子,一片雾气笼罩的田野或者是云雾低垂的山峰——最终起决定作用的是一种精神状态,可以让人到处都能看到那种深邃。因为深邃是一切现象的基础。这样说的话,它倒是最接近德国神秘学里"深渊"的概念。

他有些专横地告诉与谢，这里太吵了。能听到街道上的嘈杂声，这是特别讨厌的事。另外灯光太刺眼，他想象的是朦胧的光线，纯粹的灰色构成的忧伤的氛围，可以吞噬一切，同时又是柔软的，让人几乎感觉不到自己。与此相反，这个地方充满了令人心烦意乱的刺激。味道也不好，难道与谢没闻到吗？厕所里的除臭球、玻璃水、餐具洗涤灵。人工芳香剂，而且浓度太高，就连并非在这种文化中长大的吉尔伯特都觉得这一切都太不日本了，不够内敛。

他朝着消防梯走去，然后转过身来，对与谢说，这个地方绝对不行。与谢瘦瘦高高地站在屋顶上，他穿着一件很薄的卡其布大衣，下摆随风飘浮，没有系上的腰带在背后飞舞，像是风筝那条皱纹纸做的尾巴。面部表情让人看不透他在想什么。吉尔伯特夹着自己的皮包，顺着消防梯爬回楼梯间。他停下来侧耳倾听。在某个住所的门后有一对年轻的情侣在吵架。在另一扇门后有人在演奏摇滚乐。他听不到楼顶传来的声音。他沿着楼梯又往下走了一段，在第二段和第三段都听着上面的动静。之后他听到与谢薄薄的鞋底踩在消防梯的铁台阶上发出的声响。他站在楼前等着与谢。他们俩一句话都没说就走回了车站。

要说从芭蕉那里学到了什么，那就是——这一切必须发生在另外一个层次上。持续地步行，最简单的住宿，不使用技术方面的辅助工具，尤其是手机。只有这样才能达到一种状态，让人与严格的超我拉开距离，正是这个超我每天都监督我们的日常行为不会失控。这是一种高度自主和无欲无求的态度，最终会让我们毫无保留地转向其他的事物。转向内心生活，转向松树，转向月亮。

等他们又回到酒店房间的时候，吉尔伯特严厉地说，以后不能这样了。他说自己要沿着芭蕉走过的路线去松岛旅行。他要去做一次朝圣之旅，一次涤荡内心的旅行，让与谢当他的助理。

与谢低着头坐在那个方形墩子上。吉尔伯特不太确定他是否听懂了自己的声明。与谢一点儿反应都没有。也许他正在冥想。

吉尔伯特拿着芭蕉的游记躺在床上。过了没一会儿，眼前的字迹就变得模糊了。他很想知道玛蒂尔德这会儿正在做什么。正午刚过，起码东京时间是这样的。他计算了一下时差。也许她刚起床。也许她在煮咖啡，正在往桌子上摆早餐。她是不是只摆上自己一个人的餐具呢？那个长手长脚的可笑的实习生会不会坐在他的位置上啊？只要他一想到玛蒂尔德，就觉得肚子里升起一团烈火，一直冲到头顶，他目光稍微往两边看看，怎么感觉酒店房间都被怒火染成了红色。墙上都是血迹，天花板大滴大滴地往下滴血，闪闪发光的液体，房间地板上厚厚一层血，都能淹到脚踝了。他气鼓鼓地站起来，脚步沉重地走到第二个方墩子那里，蹲下来在酒店的记事本上开始设计旅行路线。他用酒店圆珠笔用力地画着。这样下面的那张纸就可以给与谢当复印件用，因为有笔尖划过的痕迹。吉尔伯特说，他们必须严格遵守芭蕉的计划，如果与谢有什么特别要求，可以提出来。

晚餐时间到了，与谢下楼去，从街边小店里买了两份盒饭上来。他在两个方墩子其中一个的肚子里找到了一个烧水壶，还有杯子和茶包。如果是吉尔伯特的话，他压根儿就不会想到要去研究一下方墩子，不过在与谢的启发下，他倒是发现了方墩子的哪一面是可以开合的。他找到了迷你吧，里面有各种饮料和小吃。与谢泡了绿茶。物质上非常贫乏的朝圣之旅，禁欲系的茶。吉尔伯特已经预见到自己必须习惯喝茶。

与谢打开了塑料盒子，把筷子掰开，倒上茶。米饭上撒了黑芝麻，刻成花朵形状的胡萝卜、腌制的樱桃萝卜、压制成圆形的豆腐、煎鲮鱼、灰绿色的蔬菜和染成粉红色的姜片。

两人沉默不语地吃完了晚饭之后，与谢才害羞地开口说话。他在为自己辩护。

今天白天他们去的那个社区是日本最有名的社区之一。那是建造于五十年代的福利住宅楼，还是示范项目，是为流入大城市工作的外来人员建造的牢固住宅。有电，有自来水，有卫生设施和现代化设备。即使那些房间都很狭小，可毕竟也能给那些最贫穷的人、处于劣势的人、负担重的人融入社会的机会，给他们一个遮风挡雨的地方。黄昏时分，百万个窗户里点起灯光，冬天人们下班后，能够走进一个有暖气的房间，分享一点儿文明进步的成就。当然在这么多年以后，这种光辉明显褪色了。犯罪率上升，缺乏维修的房子。很多空置房。很多其他国家在吹嘘，说自己学习了日本建筑传统中为了安置大量人口所采取的简朴原则，简易的木质房子采用非常薄的墙壁和推拉门，而日本却加入了包豪斯运动，认为新的水泥大楼并不适合这个国家建筑风格的新发展，那充其量是一种世界开放性和国际化的象征。

现在这片社区已经成了衰落的象征。如果从这样的大楼楼顶跳下，这个行为本身就是一种符号。

又能象征什么呢，吉尔伯特问道。

与谢不知道该如何回答。

他们早早地睡了。

吉尔伯特梦到了一朵巨型蘑菇，大得像一栋高楼，上面有很多窗户一样的孔洞，就像被吓人的蜗牛吃穿了似的。住在这样一栋蘑菇楼里可不太舒服，因为墙皮已经发霉了，到处都是黑色的黏液。就连在梦里他都能体会到一股怒火，这个年轻日本人的负能量正在蔓延开来，就连吉尔伯特都能感应到那种抑郁的画面。他不明白，为什么这个日本人不能好好地做自己的梦。他鄙视地把手指插进黑色的黏液，自言自语道，这个小伙子真是没用，他真是个彻头彻尾的失败者。

青木原

亲爱的玛蒂尔德:

　　我在东京捡到的这个小伙子要和我一起去旅行。他准备好了要和我一起沿着芭蕉走过的路去做一次朝圣之旅，也许这能让他恢复理智。与谢过于敏感，完全以自我为中心，彻底被惯坏了，但是我认为极为简单的饮食加上长途跋涉对他有好处，而且沿途还能欣赏日本的风光，思索日本诗歌创作的传统。这事儿听起来完全不合情理，毕竟这是他自己的国家，而不是我的，就我个人兴趣而言你也是知道的，我才没有时间和兴趣跑到一个陌生的大陆来观察这里的植物、海浪和山脉呢。不过我也没有别的选择，这孩子现在的状况我又不能丢下他不管。在他的强烈要求下，我们在旅途中加了几个他想去的地方。其中就有青木原*自杀森林、伊豆大岛上的三原火山——很多厌世的人临死还要耍酷，从火山口跳下去。可惜这些地方都不在芭蕉的路线上，而是在正好相反的方向，位于东京大区的范围内，这也表明，这些自杀首选地并不是什么新发现，无非就是那些著名的郊游地。不管怎么说，考虑到路程的关系，我们会先去他选的这些地方，然后再往北边走。

　　他们乘火车离开东京，然后又坐了挺长一段时间的巴士，让吉尔伯特生气的是，他们等于在方向上又折返了，并非往北走，而是往南，朝着富士山的方向，富士山脚下就是与谢不惜一切代价都想去看看的那片森林。与谢用运动包装着自己的东西，吉尔伯特只带着皮包。他把箱子寄存在酒店的行李间了，带着箱子实在不方便，既然是朝圣之旅也就不需要带大件行李了。他往皮包里塞了自己的洗

---

* 青木原，位于日本富士山西北侧山麓，生有大片原生林，面积达三十余平方千米。自邻山俯瞰时，茂密的树木随风摇曳像海浪拂动，故被冠以"树海"的称号，并以"青木原树海"之名广为人知。因松本清张所著《波之塔》一书之风行，逐渐成为日本的自杀胜地。

漱包和干净的换洗衣服，另外还有钢笔、墨水、笔记本、一把雨伞，还有飞机上带回来的塑料餐具。坐巴士的时候他就把鼓鼓囊囊的皮包放在自己膝盖上。

芭蕉当年在动身的时候也曾经抱怨过行李太多：雨具、书写和作画工具，特别是朋友们送的无数告别礼物，虽然都是他计划之外的东西，但是又不能退还给人家，出于礼貌只能都背着上路。

吉尔伯特的旅行装备基本上就是按照芭蕉的行李收拾的，只不过省去了抵御夜里寒冷的纸衣 *，因为他估计他们不会在野外过夜；也没带浴衣，因为没有机会去公共浴池泡汤，没有时间，或者说他也没有这样的兴致；另外也没有告别礼物，因为在这儿他谁都不认识。

他也不用和任何人告别。他离开自己家的时候也没人关心——在一个这么遥远的国度再次启程，就更无所谓了。至于吉尔伯特到底是在东京还是东京的郊区，这点儿地域上的差别对于身在德国的人而言根本不值一提，更不要说是日本群岛当中的一个大岛与这座大岛包含的一个人迹罕

---

* 平安中期和纸大量生产并普及的结果，原本以麻渣为原料制造的和纸也被用作衣料。因为比丝绸便宜，所以被认为是低收入者穿着的服饰，但因其结实、携带方便，颇受武士和俳人的喜爱。

至的海湾里很多分散的迷你小岛——也就是大岛与其缩略版之间的差别。如果从遥远的德国看过来，他这趟旅行的所在地没有什么明显的变化，他的确是在旅行，又等于没动窝。他在一趟比较远的旅途当中做了一次小小的旅行，如果从德国的角度来看，这趟旅行从一开始起就令人怀疑。

与谢把靠窗的位置让给了他，可是外面根本也没风景可看。他用眼角的余光扫到身边的与谢正在吃一大堆旅行食品，不知道他是在哪儿迅速买到的，吉尔伯特压根儿没注意到。紫菜包着的三角形饭团，里面是不同的馅料，与谢每次下嘴吃之前都要告诉他一声：盐渍梅子、金枪鱼、一种金色的蘑菇、牛肉、菠菜。难道与谢没有正确理解他的意思吗？这将是一趟充满艰难和节制欲望的旅行。或者与谢内心深处觉得这是他最后饱餐一顿的机会？终于，吉尔伯特还是放弃了坚持，接过来一个漆黑的三角饭团，与谢说是加了螃蟹和蛋黄酱。

荒野。窗外掠过高高的森林，树冠呈灰白色，亮闪闪的，大片的云朵飘过。好几个车道的高速公路在圆圆的山顶上穿过，一望无际的稻田，高高的天空中一堆堆的云朵。这原始的风景，似乎难以到达，永远无法走近。水汽和冰构成的最后一片大自然的风景，难以通行，偏远又陡峭，荒凉又像被诅咒过。层积云、云朵，在长途巴士的车窗外飞速飘过，它们不断地移动，一种不安、渴望、对远方的思念弥漫开来。

他们终于下车了，吉尔伯特长出了一口气。巴士继续前行，他们俩茫然地在路边又站了一会儿，好像浑身的骨头还在随着车子颠簸，伴随着轻微的眩晕感，两人还没彻底进入眼前这个真实世界。然后与谢开始了行动，他有个计划和目标，吉尔伯特只有跟着他。

他们离开了巴士停靠的那个小型居民区，沿着乡村公路继续往前走。整片区域应该就在富士山脚下，不过显然富士山的"脚"很大，还根本看不到山顶。吉尔伯特搞不清楚，是因为他们已经非常接近山体，就站在山的斜坡上，所以无法看到山的全貌，还是被白雪覆盖的火山口隐藏在云朵后面。他们身边完全没有森林，往上看只有一片灰色的天空，一片由期待和单调构成的虚无。

与谢拐进了一条更加窄小的街道，吉尔伯特跟在他身后。有一阵子他自己天马行空地遐想，比如他们俩就像一个迷你商队，成一列纵队穿过虚无之境。前面是拿着道路说明的导游，后面跟着一头拖着行李的骆驼。皮包坠着他的胳膊很累，于是他就把包夹在腋下，然后再换另一边。这时他不禁想起尼龙双肩包的优点来了。美学方面的考虑在负重到达最高点后就不再重要了。可是他们才没走多远呢。吉尔伯特咬着牙跟在与谢的身后，找机会装作兴高采烈的样子和他搭话。这是一条通往森林停车场的岔路。停车场相当大，因为它毕竟修在一片虚无之中，令人惊讶的是居然还停满了车。没人要的汽车，很久都没动过，慢慢地生锈，落了一层又一层的灰，堆积在雨刮器上，轮胎盖上已经覆盖上了一层苔藓，车厢里坐椅上扔着被压扁的水瓶子，就像刚被人喝完，还有打开的地图。

与谢用导游的那种声调解释说，车主们在这里下车，之后就没有回来。他的语气扬扬自得，就好像是他造成了眼前这种局面一样，似乎这是什么了不得的壮举，像吉尔伯特这样的普通人压根儿就不懂这种更高一层的意义。把车子胡乱扔在这里让它自生自灭，把自己的身体也送进去，大自然就像是个垃圾吞噬机，吞掉人这一生制造出来的精神垃圾和身体垃圾。

吉尔伯特兴奋地走进了森林，他假装激动地听与谢说，他们跟随自杀手册的绝对指示，先走了一段无聊的人行道，然后拐上了岔路。

黑色的森林似乎在摇摆，包围了他们，像是在叹息，树林越来越密。踏进这座森林里的人是想要逃离谁呢。厚厚的落叶带着一股潮气包裹着他们，他们被大树发出的声响包围，风吹过树叶沙沙作响，散发出一种不祥的腐败气味。

他们无视路上的很多禁止前行的警示牌。经过第一个牌子的时候，与谢弯下腰，将牌子上的字翻译给他听，好让吉尔伯特明白他们即将故意忽视的内容：千万不要离开有指示牌的路线，否则很有可能在森林里迷路找不回来。如果有人怀着特别目的执意要这样做，请想一想父母为你付出的一切。一定不能让父母失望啊。社会也有权力要求年轻人充当劳动力，还给那些怀着绝望的心情走到这里，站在牌子前的年轻人提供了一条热线电话。

不仅是主路上立着警示牌，在那些岔路上方也用绿色的绳子拦着，很明显是想强调"禁止入内"。与谢将那条绳子举起来，弯腰走了进去。吉尔伯特也照着他的样子走了进去，心里充满了热切的抵抗心情，一条松松垮垮的绳子所代表的大众规则就这么轻易地被打破了。他们并不觉得这种抵抗心情本身有点儿傻乎乎的，就像摆脱了行走时拴在身上的带子，吉尔伯特总是遵守各种各样的规则，尽管心里很不情愿，在森林里散步是不需要控制和授权的。他超过与谢，大踏步地走在小路上，走进这片看不透的禁忌之地。

其实表面看起来这就是一片普通的森林。不过林子非常密，树长得乱七八糟的，地面不平整，到处盘根错节。吉尔伯特以行军的步伐拖着他的包走。这里面肯定容易迷路，人很快就会迷失方向，因为到处看起来都一样，长满了苔藓的树干，树枝和树叶，就像其他森林里的景象一样，也许更潮湿一些，也许颜色更深一些，比吉尔伯特熟悉的那些森林多了一丝可怕的气息。但是在一个高度文明、人口密集的国家，步行进入一片森林后居然走不出来，这样的人大概也是有一点儿笨吧。

吉尔伯特胸中涌起一股少见的怒气，走路的速度一点儿没有减慢，小路越来越窄，在两段树干倒下的地方彻底消失了。他一屁股坐在腐朽的树干上面，接过气喘吁吁的与谢递过来的手册。

手册上画着区域分布图，上面标有避难所、重点保护的自然遗迹和观光点。按照这个地图来看，他们身处一个不太好的区域，离下一个避难所还很远。很明显他们已经到达了目的地。吉尔伯特实在没兴趣听与谢讲解日语的文章，所以老是盯着插图看。他又翻回到上一页。

上吊常见错误。绳子太细，承受不住体重断掉。落下高度不够。绳子固定的地方不够牢固。错误的打结方式。简笔画的小人十分可笑，脖子上套着一个绳结，站在楼梯间或者暖气管子旁边，或是坐在地上，身边有一截断掉的树枝。这纯粹是写给傻瓜的手册，的确是写给那些在生活中一事无成的人看的。

他越来越没耐心，问与谢接下来该干什么。与谢说对不起。他说运动包太重了，他走不快，体力不像吉尔伯特那么好，必须得留意着路线，跟随指示，找到正确的地点。

在腐朽的树干后面，看不见的权威又安装了象征性的障碍物。在所有方向都飘浮着线头和彩色塑料袋，法律允许进入的森林部分已经到了尽头，不能再往前走了。

与谢朝所有方向看了看，然后开始行动。他从运动包里掏出一卷黄色的警示条，固定在腐朽的树干根部。他拉出带子，折叠、盘绕、系紧，吉尔伯特皱着眉头看着他。这个日本人能不能打出一个正常的结，还是他在将带子松垮地绕在一起？吉尔伯特可不想插手，年轻人得在实践中自己积累经验。直到与谢走到前面去了，他才飞快地试了试那条带子，挺结实。

他们穿过没有路的矮林，被树根绊得一个跟头接一个趔趄，或者脚会陷进塞满落叶的洞里。与谢不停地举起某一条横在路上的绳子，就好像有人怀着极大的愤怒用警示条在这一片森林里乱七八糟地绑来绑去。与谢每走一步都扯着他带来的那条黄色的塑胶条，小心翼翼地绕过所有障碍物。

他对吉尔伯特解释说，这是为了能再找到回去的路。如果没有这么一条指路的提示，一定会毫无希望地迷失在森林里，好几天在里面来回寻找，直到筋疲力尽而倒地不起。还没有彻底下决心的人用这种标记路径的方式可以再找回去。那些下定决心的人也用这种方式告诉家人在哪里能找到他们的遗骸。只有那些特别决绝的人才放弃使用警示条。与谢说，这个黄色的带子是给他——吉尔伯特准备的，好让他之后能走出这片森林。手册专门推荐了这种颜色，因为即使天色非常昏暗也能看到。

他请求吉尔伯特替他背着运动包，这样他才能更好地去缠绕警示条。吉尔伯特一手提着运动包，一手提着自己的皮包，两边重量平衡的感觉还不错，他觉得塑胶条这个主意挺好，与德国文学作品里普遍使用的面包屑和鹅卵石相比，日本人似乎是延续了阿里阿德涅之线这个古代的技巧，不过这也意味着，这些年轻的失败者们面对森林那种毫不在乎，没有责任感的态度——他们用数不清的塑胶带留下了垃圾。吉尔伯特现在感受到了这片森林异乎寻常的美丽，它令人敬畏，寂静无声，有一点儿雾气，一片特别湿润的绿色覆盖着几千年前火山爆发留下的熔岩石。

吉尔伯特手里拎着两个包，一边跌跌撞撞地踏过树枝和蕨类植物的叶片，一边禁不住赞叹那些不同色调的绿色。超市里的绿色。奶油生菜那种细腻的绿、抛光的苹果那种光滑的绿、有点儿涩的菠菜绿、温柔的茴香绿；运动型的牙膏绿、纯洁的猫草绿。树叶在他眼前晃动，他试着去区分那些细微的差别，因为自己能够分辨出不同的色调而欢欣鼓舞，回忆起上学时通过颜料盒里的水彩颜料名称来认识那些颜色，有毒的绿、孔雀绿、黄绿、法国绿，而风穿过树丛，搅动树叶，使得那些色彩也变得生动起来，像有了生命。

与谢指着一双落满了树叶的鞋子让他看，那双鞋子整整齐齐地摆在厚厚的苔藓上，像在等人。树上还挂着一截断掉的绳索。

与谢解释说，政府每年都会雇用一些临时工来森林里巡查，将尸体收集起来，吉尔伯特看不出来这条信息是来自那本手册，还是之前他就知道。可为什么这些临时工不能把垃圾也一起带走呢？

吉尔伯特抬头观察着那些树，尽管脚下磕磕绊绊个不停。他发现周围的颜色并不特别，反而很普通，很常见。在日本，植物的世界让他感到一种特别的放松。人们总是被各种绿色包围，有不费劲的杜鹃绿、积极向上的苔藓绿、简单的竹叶绿——还有松树那种神秘的暗绿色。松树的松针根根直立，非常密实，他站在松树的阴影下面，那种蝉绿、海洋绿和"迎面风黑"。他脚下磕磕绊绊地继续往前走，头顶的松树如遮天蔽日的大伞，不断前移。眼前有时是一片暗色松针的剪影，有时一大片在白色天空的映衬下显得格外雄伟，看不清细节，那种独一无二的视觉效果难以描述，就像一幅画的局部，无法看清全貌。他走在坑坑洼洼的地面上，他走在四季常绿的松树下，松树的摇摆，暗黑的颜色和充满细节的枝叶，他走在万千根松针的光芒下，他越是想贴近一点儿去看仔细些，好像树就躲得更远一点儿，他渐渐地找不到合适的语言去描写松树了。吉尔伯特想去详细研究松树，研究松树的各个部分，也研究整棵松树，研究其生存的各种可能性与不可能性。他盼望着去松岛的旅行。

他提醒与谢注意观察这些松树，但是与谢却摇了摇头。与谢说，这片森林里大部分都是日本红松。红松，据说都是雌的，而主要长在沿海地区以及海岛上的日本黑松，则大多数是雄性。这是古典文学中一个常见的主题——两棵古老的松树，分别是雄性和雌性，长在距离遥远的两个地方，但精神上是相通的，以一种简单的方式表明梦幻般的现实所具有的不同层面。

这里是一大片雌性红松构成的森林。这座幽暗、缠绕的森林是为那些有母子关系问题的人准备的。如果自杀者想与最早的婴儿期那种全能的、破坏性的、疏离的客体融合，那么对他而言这是一片理想的森林。他脱离了身体那种物质层面，只在精神层面要求母体孕育出的客体能够理解，他要带走客体活着的时候没能得到的爱和关注。自杀者放弃了自我，献出自己，但这也是一种别有用心的牺牲，目的是弱化客体那种无所谓的态度，可以说是一种表面上的牺牲，通过严格的妨碍获得一种最终的转向。如果与谢相信通过这样一种行为方式能够达到目标，那他就大错特错了。也许他父母会挤出一滴眼泪，点燃一炷香，通知亲戚，但是就为了达到这么一点儿效果如此兴师动众也太不值得了。因为最终这并非个人自由意志下的自杀，带着一种平静的心理状态，而近乎一种非独立的决定，一种操纵的可怜尝试。这种青春期的行为，连死亡都让人觉得可笑。只需要去看一看那些令人作呕、腐烂了一半的尸体就能明白，令人惋惜的是这片森林里全是这样的尸体。如果自杀者的目标是至少让死亡给失去的生命挽回一点儿尊严，那么在红松下采取的这种行为无论如何都注定要失败。吉尔伯特认为自己的出走计划更可取。悬崖上的黑松，遗世独立，会被咸的浪花打湿。他保留自己的意见，对与谢说自己绝不能容忍这个年轻的日本人用这种方式自尽。

他们在青苔中找到一具衣着完整的骨骸。在一棵树下看到干枯的花束，看来送花的人循着警示条找了过来。他们找到那本手册散落的书页，因为受潮卷了起来，上面印着方位图。他们看到一个女士提包，里面有小木板，上面写着庄重的告别辞。他们看到树上还悬挂着不少绳索的残留部分，绳结被剪断了躺在地上。吉尔伯特猜测他手里与谢的运动包里一定也有一根这样的绳索，没准儿还有两根。

他们走得出奇慢。当警示条用完的时候，天色已经暗了下来。日本天黑得早，人们起得也早，十二点之前就把午饭吃了，下午吃晚饭，快到七点钟天完全黑了之后，这一天基本上就结束了。吉尔伯特决定也这样做。

他坐在落叶里，赞扬与谢对此次郊游完美的计划和实施。与谢犹犹豫豫地也坐过来，想要回他的运动包。吉尔伯特把包递给他，凭着摸索完全不知道里面装了什么。与谢在里面翻找了一番，掏出来两瓶绿茶。一瓶给吉尔伯特，一瓶自己喝。吉尔伯特再次表扬与谢，而且夸得更加起劲儿，与谢一再摇头，脸上的表情倒是挺受用的。绿茶凉凉滑滑，糖分不算太高，还能品味出茶的味道。一种加糖的饮料，又能喝出茶的独特味道，有一点儿苦，有一点儿草味儿，颜色也是一种柔和的茶绿色，吉尔伯特还没尝到味道就已经喝光了半瓶。之前的色彩消失了，森林由绿色调变成了灰色调，然后天色就彻底黑下来了。

吉尔伯特请求与谢现在动身返回。他说郊游就到此为止吧，储备的东西也吃完了，如果他现在动身，一直摸着警示条出去，那还能赶上前往甲府市的巴士。与谢跪在他面前不停地用额头触地。

不行，吉尔伯特说。他站起来，更大声地讲话，他说与谢这样跪地不起只会让他坚持自己的想法。

他并未察觉与谢其实不具备猜测别人心理的能力。没规矩，没有自尊心，毫无品位。吉尔伯特说这个地方不行，全是垃圾，没有身处大自然中那种应有的体验，尤其是太满了，这么频繁受访的森林，堆满了自杀者的尸体，简直是万人坑，难道与谢不觉得这个地方配不上自己吗！这本手册真没用，只是告诉你一般的地方，所有人都知道的地方，这本书只会让人误入歧途，因为它恰恰隐藏起真正的好地方，让它们继续不为人知。

因为天太黑，他看不清与谢的反应。他继续又说了几分钟类似的话，直到森林的地面似乎都发出了啜泣声。

吉尔伯特安排道，我们现在回去。我们回去，坐巴士去甲府市。他着重表达了一下自己的愿望，让与谢负责给他们找一个晚上过夜的住处。

与谢沉默地把运动包递给他，然后去找警示条的末端。他请求吉尔伯特跟紧他的脚步，沿着警示条走，他小心翼翼摸索着把警示条再卷起来。刚走了几步，吉尔伯特就跟不上他了。森林遮蔽了月亮的光，漆黑一片，他简直没办法在坑坑洼洼的地上往前走，更别说还带着行李。与谢从运动包里掏出一根绳索把他们两人系在了一起。吉尔伯特用手摸着肚子前方的绳结。难道说与谢有能力系出一个刽子手结？还是凑合着打了一个反手结？吉尔伯特把运动包放在肘弯处，用手摸索着绳结，发现与谢打了一个和服带子那种结，就像柔道服上面的那种，估计是把绳子绕在了自己的腰部。与谢为什么没带手电筒，没带蜡烛，也没带火柴，什么照明工具都没有。为什么？现在我们应该已经见识到了他的能力，过于短视的计划、毫无效率的行动。有一段时间他们简直是一厘米一厘米地往前挪动。与谢过分小心地卷起那卷警示条，一点儿一点儿向前，生怕它断掉，现在完全看不到警示条的黄颜色。吉尔伯特索性任由自己被腰间的绳子牵引着向前走，他紧紧地搜着绳索，故意往下坠，好让与谢能够感受到行李的重量。然后他们走到了一个地方，这里有很多根警示条彻底缠在了一起。

他们那根曾经能看出来是黄色的带子和其他几根紧紧缠绕，与谢当时经过这一处紧要位置的时候没有仔细区分，现在根本找不出来哪一条是他们自己的。这些带子在宽度、厚度和材质上有没有区别呢？集中注意力地用手触摸难道就能区分出黄色来吗？在此之前，吉尔伯特没把这片森林当回事儿。他也没把警示条这个主意当回事儿，甚至都没想到绳索真的有用。而现在的局面是：恰恰在森林里的这个堆放了很多塑料垃圾的地方，他们要在这里等待黎明的到来。

在森林里过夜。这时天才刚黑不久，漫漫黑夜还长得很。某个地方传来咔嚓声，有时是沙沙声，不知道什么东西动个不停，就像围绕着他们的森林绷紧了神经一直在动。吉尔伯特抓起落叶，又抓着苔藓，他想把地面弄得平整一点儿，将坚硬的小树枝扔到一边，把头靠在运动包上，皮包放在自己膝盖上。他就想以这样的姿势坚持到黎明。他看不清与谢的姿势。也许他毫无声息地跪在那里，沉浸在自己的失败里吧。两人之间的绳索松垮垮地垂着，还像之前一样将两人连在一起。如果吉尔伯特熟睡过去，与谢应该没有办法一走了之。

看来与谢并没有这样的打算。森林一会儿簌簌作响，一会儿像是在叹息，与谢往吉尔伯特身边挪了挪。他浑身发抖地等着鬼魂出现。

与谢说，每一个自杀者的灵魂都会变成一个复仇的鬼魂，想方设法把活人拉下去。在一片游荡着很多复仇鬼魂的森林里过夜不是个好主意。他已经听到有人在耳边细语，到处都传来各种声音，听起来像干枯的秋叶，不停地在对他讲话。

吉尔伯特表示赞同。他恶意满满地附和道：人死了以后的确会这样做。彻底的黑暗，不停的私语。

此时吉尔伯特突然清醒过来，赶紧换了一个话题。他要让与谢去想别的东西，不过他想谈谈自己感兴趣的事儿。关于日本传统的蓄须风俗，他问与谢知道些什么。

与谢一言不发。很明显他吓得大气都不敢出。这会不会是他对虚无有所了解的好机会呢？为了给与谢打气，吉尔伯特长篇大论地谈到了日本武士蓄须的完美。他继续说，在罗马帝国，光滑无须的脸颊被认为是更文明的表现，而国境之外的那些蓄须者被罗马人称作野蛮人——疯长的胡子和飞扬的长发。而具有讽刺意味的是，这些野蛮人却认为茂密的须发代表了权力，所以最终在谈论是否应该蓄须这个现象时大家陷入了僵持局面。直到今天，罗马教皇无论何时出现在公众面前都是剃光了胡须的，而俄罗斯东正教的大主教则蓄着上帝那样的络腮胡，这理所当然被视为威严的象征，这种现象也明确表明，罗马天主教教堂结合了罗马和天主教，本身就暗含了矛盾，因为上帝在地球上的代言人很明显不敢用上帝的形象现身，而是故意选择了亚当的面部特点。这是吹毛求疵的神学讨论中一个典型事件，彻底体现了坎托罗维茨的两个身体理论，他认为统治者因为上帝的仁慈分裂为两个身体，实质的身体代表个人，上帝的身体代表权力。王位的标志如权杖，罗马教皇的玺印戒指等等代表这种纯粹、完全的精神权力，而教皇的身体则没有参与这种精神权力的展现，所以完全有理由相信蓄须是一种无法忍受的狂妄和自大，因为蓄须这种行为混淆了上帝与尘世。至于东正教为什么要蓄须，吉尔伯特还想再详细讲解一番，他对与谢说，这一点是他项目里最有趣的部分。

在日本最为重要的是遵循干净和肮脏的二分法。武士是国家的侍从，所以作为高度发达文明的代表必须要绝对干净，而那些浪人过着遁世的生活，远离首都那种注重仪表的生活方式，他们养成了一种蓄着哲学家式胡子的文化。
这倒也符合他们的生活方式，无论是在森林里贴近大自然
地生活，还是一个人在山里过着最简朴的生活，他们只需
要生活最必需的那些物品。

吉尔伯特隆重宣布，森林里的这一夜代表着朝圣之旅
正式启动，由于旅途中条件有限，他现在也要开始蓄须。
与谢那一撇反对文明的山羊胡子已经朝着这个方向踏出了
一步，而他，吉尔伯特，也要在各方面陪伴与谢。

吉尔伯特把运动包堆得高一些，舒服地躺下来，似乎
也被自己刚才庄重的语气所感染，他决定闭上眼睛。然后
他又听到了森林里传来的咔嚓声，还有什么在簌簌作响，
声音越来越大，越来越近。他终于分辨出来那是与谢在大
声抽泣。

拓麻与谢，茶叶店老板的儿子，其实是贴了一个假胡
子。他在家里的时候内向乖巧，从儿童时期就遭到同伴的
欺负，说他是个小女孩儿。他一直喜欢喝茶，从来不喝时
髦的饮料，也不喝酒。他在身体护理、洗浴产品、香水和
漂亮衣服上花了不少钱。他追求生活里的美感（Ästhetik）*，

---

* 美感，即日文中的"幽玄"，指事物或文艺作品中触不可及的美与深邃、
言外余韵。

也喜欢购物。日本一段时间以来对于这一类的年轻人有一个特定的称呼叫"草食男"。商店专门针对他这一类人出售一种胡子套装，特意将胡须做得比较稀疏，这样看起来更真实。还有那种坏男人专用的胡子，就为了让佩戴者显得比较随意，或者有点儿鲁莽，那正是他在家庭教育影响下性格里缺乏的那种特质，自己怎么也培养不出来。他唯一的朋友在另外一所大学就读，他们慢慢也失去了联系。他从来都没有交过女朋友。他父亲很失望，因为他不可能继承家里的茶叶店。出于同样的原因，他的母亲也不再支持和关注他。他对柔软的皮肤感兴趣，想在学习完石油化工之后研发出一种用海藻添加物做成的护肤品。他父母觉得这个想法真是让人无法忍受。他戴的假胡子只能支撑几天。在森林里钻来钻去的时候，那撇小胡子不知道什么时候掉了。他的运动包里还有其他样式的胡子。所以他请求吉尔伯特不要过于使劲儿地挤压那个包。

不知什么时候，哭泣声消失了。森林里还是不断传来各种声音，之后与谢的呼吸声逐渐安静下来，吉尔伯特听出来他已经睡着了。独自面对黑暗，他无事可做，只能等待鬼魂。他想象着自己能够更容易看到身边的景象，可是他的眼睛似乎已经适应了这一片灰色，一切都溶解在其中无法分辨，他抬头看向高处，居然能分辨出在暗灰色的天空底色下煤灰色的树叶。

上次吉尔伯特和玛蒂尔德一起去森林里散步已经是很久以前的事儿了。他觉得自己不是那种爱去森林散步的人。玛蒂尔德说服了他，一起去森林郊游，他说不上有多喜欢。那还是他在美国大学当客座教授的时候，可惜对他的事业而言那段经历也没起到多大的推动作用。那个时候他更应该多做科研，在德国拿到一个固定职位，可是当时他以为能促进自己的职业发展，所以跑到美国一个乡下的非知名大学待了两个学期，无非就是教教德语，给学生讲解一些艺术理论方面的文章，学生人数也寥寥无几。

大部分时间他都待在租来的小木屋里，枯坐在书桌前。透过大大的窗户，他能看到用心修剪的草坪和高高的大树，等待着秋天的到来。

玛蒂尔德十月份来这里陪了他两个星期。

很快树叶就开始变颜色了，据说只有少数几个地方秋天的色彩才如此绚烂，比如美国北部，五大湖地区。世界上只有少数地区能观察秋叶，因为森林面积的很大一部分是常绿品种、热带雨林或者针叶林。中欧和加拿大、美国新英格兰地区一样，拥有比较大面积的阔叶林，可是中欧的秋叶没有引起这么大的关注，那里的人们觉得这没什么大不了，无非就是一种自然现象而已，人们习以为常，就像对待天气的态度一样。也许有诗人写诗赞颂秋天和这绚烂的色彩，例如："山毛榉林已经变成了秋天的红色，就像即将死去的病人；树叶飘落，就像是从远方飘来，正如天空里遥远的花园正在枯萎。"不过毕竟顾影自怜的诗人只是少数情况。

与此相反，在北美洲，秋天的森林总会唤起一种歇斯底里般的狂热情绪，人们纷纷离开家走进森林。其中最为有名的是在这个纬度特别常见的糖枫，就是能产生深褐色枫糖浆的那种树，它的树叶在某些特定的天气条件下会变成猩红色，茜素红漆那种红，教皇红。这种奇迹只维持几天时间，然后树叶就变成褐色，枯萎，飘落。在此之前，树叶会呈现出整个色谱上的不同色彩，从深绿色到浅绿色，从黄色、橙色变成火红和深红，这场色彩的盛宴从北方开始席卷全国。在秋天的那几个月，秋叶爱好者会从不同的地点发出报道，宣告红叶季节的开始，色彩的逐渐变化，高潮，全部染成红色，以及谢幕，这样就能让感兴趣的自然爱好者有机会亲自体验这些地方最美丽的红色。

玛蒂尔德之所以会来，其一为探望他，其二也是为了欣赏红叶。

从他的写字台望出去还看不到任何树叶变色的迹象，无论是环绕着小木屋的巨大花园，还是外面更大片的绿地，如果在德国这样的环境肯定会被称作公园了。秋叶报道从九月第一个星期一的劳动节开始，每三天更新一次，东北几个联邦州的地图上还是一望无际的绿色。可是玛蒂尔德热切地想看糖枫林，她宁愿为此在吉尔伯特工作许可的范围内去更远的地方，即便在全球这片最广阔的土地上，他们的旅途也算得上是非常远了。

树叶变色是在很短的时间内发生的，而且在某种程度上也是无法预测的，特别不好计划，尤其是提前做计划那种。想要看红叶的人，必须不顾一切，什么都不管，说走就走。

他们开着租来的汽车去了缅因州和佛蒙特州，沿着坎卡马哥斯高速穿越了新罕布什尔州的白山森林公园，前往加拿大。吉尔伯特觉得特意跑去偏远森林旅行真是荒谬。开好几个小时的汽车，全是长得一模一样的高速公路和州际公路，几个小时的时间里，车子两旁掠过的都是延绵不断的树木，颜色刚刚开始转变，树冠底端还是绿色，树梢渐渐变成红色，丝毫没有让人惊艳的感觉，和在德国施帕斯阿特的群山里开车没什么区别，在这么单调的几个小时之后，来到某个推荐的地点，走进森林，发现这里的树还不如之前看到的那些好看。

在这段旅行途中他们经常吵架。那一年的气温比平均值要高，树叶没有变红。直到玛蒂尔德离开之后，秋天的第一个寒流才终于抵达，树叶像着了火，他的小屋被燃烧的火炬包围了，而猩红色的盛宴只会惹得他不开心，因为一切都来得太迟。已经太晚了，没办法补救，只剩他孤身一人。

亲爱的玛蒂尔德：

旅行指南标记常见的路径和街道，给大家提供住宿的信息、花费和交通工具，告诉游客之前在此旅行过的人提供的经验。

芭蕉的旅行见闻标题叫《奥州小道》。"奥"大多时候被翻译为内陆，偏远的地区，北部大陆等等，不过除了"省"或者"内陆"这种地理学上的意思之外，"奥"还可以理解为人的内心——它指的不是人的身体及内脏，而是人在潜意识中的内心世界。所以芭蕉的旅行可以视为一种精神探索，是一种精神层面的历险。

西方国家提到过精神层面旅行的人包括比较有名的圣文德。他的著作《心灵迈向天主的旅行》描写了心灵通往上帝的阶梯之路，不过可以看出，这并非一本游记，而是极为精细地教导信徒如何过上忏悔祈祷的生活。就像佛教的禅修一样，要进行符合规则的，有教育意义的冥想实践，目标不仅是促进身心平衡和正派行为，而且要真正地教导门徒，圣文德的方法中最厉害的就是神秘的融合，也许是让天主教新手彻底失去能力和信心，不再走进一个金字塔形结构的教堂，我们的文化圈里没有人去走这条注定能见到上帝的系统道路。

在我们这里，内心之旅是大家都讨厌的，我认为原因是这种内在被认为是神性的，因此内心之旅常常被理解为一种苛求，而且很难确定内心究竟是在哪里。如果芭蕉在观察一棵松树，这个动作何以被称为内在的？这样发问是完全有道理的，我也问过自己，芭蕉的游记完全是在描写大自然，描写风景名胜，以及具体某一条路线的艰难险阻，这些都是外部世界，可为什么他的游记被视为是描写内心世界的文学作品？如果自动认为外部世界与意识的空间是对等的，那么内与外的区分就显得多余了。不过我猜这正是芭蕉的理论所在，而恰恰是因为这一点他才如此有名。圣文德在万物中找到了上帝，或者说他通过万物找到了上帝，芭蕉却是在上帝中以及通过上帝找到了万物。

那我们呢，我们甚至从未体验过内在空间，就更无从分辨这些不同的方法最终有没有差别。

他的身体动了一下，于是就醒了过来。天已经亮了。

与谢小心翼翼地行动，想去方便一下，可是发现绳子不够长，所以想轻手轻脚地钻出那个绳索，却摔了一跤，于是事与愿违地把吉尔伯特弄醒了。吉尔伯特从苔藓上爬起来，将绳索塞进运动包，再去解警示条的死结。因为已经能够看清他们警示条的黄色，所以顺利地将自己的和一条蓝色的、一条绿色的以及一条黄黑相间的塑胶条区分开来。

他们丝毫没耽搁，顺着警示条回到了那条被人踩出来的小径，很快又回到了官方设定的森林小路，找到了停车场和巴士站。没过一会儿车就来了。他们站在路边一个很显眼的位置。可是巴士丝毫没有减速，直接开过去了。

与谢叹了口气。他说看到了司机还是昨天那位。他认识我们。他以为我们是鬼魂呢。这座森林向来有去无回。

他们在巴士站苦等了三个小时。下一趟车终于停了下来，他们坐到车站，然后乘新干线返回东京。

千住

  吉尔伯特梦见自己坐在火车上，心里还纳闷，怎么又在火车上，还是在坐火车，一直在坐。他们的列车正经过富士山，几个小时了，还没到山跟前，外面的风景也没有变化。车开得很快，他听到飞驰而过的火车那种声响，可是同时他们又始终停靠在同一个地方，就在这里，外面围绕着看不透的灰色，紧紧地压在窗玻璃上。

  按照原计划他们本应在前一天经过富士山——这座让人景仰的山，日本的象征。乘坐从南边来的东海道本线在驶往东京的路途中，如果遇到好天气，就能看到富士山。铁路公司的一个广告画面就是新干线在如火的夕阳下驶过这座沉睡的火山，公司还设计了全景车厢，一个可以旋转的座椅前面是纯玻璃车体。在去青木原的路上吉尔伯特没想到要专门看一眼富士山，何况他本以为，他们的列车就是朝着富士山的方向开。可是在青木原森林根本看不到富士山，因为森林里的树实在是密不透风。现在开始下起小雨，窗外的景色被雨雾包围，吉尔伯特看到其中偶尔冒出几个山坡，山顶也都隐没在雾中——不知道其中有没有富士山？如果有的话，它的山脚与其他被森林覆盖的山脚也没什么区别，只能根据它那独特的坡度来确定其位置，而根本看不到像披了糖霜一样被白雪覆盖的山顶，那独特的漏斗形状闪耀着庄严的光辉。

与谢瘫坐在软座椅上睡着觉，双臂紧紧地抱着运动包。眼前这一刻本来还指望他能发挥点儿用处，起码能给吉尔伯特指一下哪一个是富士山，介绍介绍情况，从他的手册里读一段，做点儿导游该做的事儿，可是这个人就是这么指望不上。

等到乘务员走过来的时候，吉尔伯特赶紧问问在哪一段行程中可以看到富士山。可是很明显乘务员也没办法给出一个详细的指示。他只是按部就班地点了点头，说了一个经过富士山的时间段，精确到分钟。随后他犹豫了一下，又加了一分钟，然后道歉说他们的列车已经晚点三十秒钟了，不过还有可能追回来……

吉尔伯特紧盯着手表上的指针，在给定时间段的十分钟前就紧贴着窗户，盯着外面的雨雾和玻璃上滑落的雨滴，他心里十分确定，在重视规则的日本可以百分百地相信乘务员告诉他的时间，可他不能排除自己的手表快了或者慢了一点点，保险起见只能盯着外面的雨，将近二十分钟他都紧张地盯着雨雾，可是窗外没有任何可看的东西，根本看不到富士山。

学习死亡。为了让自己远离一切，为了更接近某些东西，这段旅程只不过是对旅途本身产生的空间的沉思。随着思想的扩张，在"这里"和"那里"之间的空间，一个人真正希望内心能够获得安宁，思考变得有序，万物的旋涡放慢一点儿，找到一条路，回到它们早已被遗忘的形态。在这个空间里，能够观察到模糊、未知、始终处于变化中的事物。人们遵循着微妙的变化，虚幻的意象，希望能更清楚地认识自己，这是最难以捉摸的东西。

吉尔伯特观察着与谢睡梦中那张没有压力的脸，看到他的腮部压在运动包上，心里突然感到无尽的失望。富士山没看到，这个日本人啥也不是，他的脸上看不出任何的波动，就连去自杀森林的整个郊游也没看到什么有价值的东西，因为死人身上已经烂掉的衣服和几块散落的骨头怎么也谈不上有参观价值。他感到胸中涌上一股失望，整个头顶被无法驱散的雾气笼罩，像被麻痹了一样没办法思考。

等他清醒过来的时候，发现自己已经回到了那个有白色方墩子的酒店房间内。傍晚时分他们回到了酒店，立即躺在床上昏睡了过去。吉尔伯特还是觉得很困乏。每个动作做起来都费劲儿，所有的关节都疼，就好像自己正躺在一堆弯弯曲曲的树枝上。与谢在浴室里弄出叮叮咣咣的声响，白色的水蒸气从门缝里飘散出来。

亲爱的玛蒂尔德！

青木原自杀森林之行真是一个巨大的失败。我们先回到东京的酒店里来了。事实证明，那个日本小伙子的设想是很不现实的，我可不想在他那些混乱的计划上浪费时间了。所以我们现在不再耽误，直接开始芭蕉之旅。

芭蕉是从当时的江户，也就是今天的东京出发的，他当时能看到雾气笼罩的富士山和上野的樱花。他走完前面几站后在一个叫千住的地方过夜，那里是通向北陆大道的第一个驿站。芭蕉在日记里把这次旅行的起始站称为"幻想的十字路口"。无论是前往上野还是千住，我们从酒店出发乘地铁就能到达，只需要不到一上午的时间。因此与谢建议说，既然我已经回到东京了，不妨利用下午的时间去参观皇居的花园，我表示反对，我这么远跑到日本来，可不是为了挤在追求享乐的人群里随便找一个旅游景点去闲逛。可是与谢突然像着了魔一样固执己见，说参观这一座皇家园林是为了我们的目标而做的完美准备，松岛上绝大多数的树都是皇家欧黑松。不忍心破坏他的情绪，也是为了给他打气，我让步了，不过在经历了自杀森林之后我对什么欧黑松没抱太大希望，我对与谢的建议也没什么信心。此前的经验证明，不遵守纪律的人一旦被混乱的感觉占领，就会做出很多不理智也毫无意义的事。我本来对日本人寄予了很大希望的。我费了挺大的劲儿才让自己保持镇静，没有让与谢看出我的不爽，就跟着他去了这个松树园林，心里默念着禅修的宗旨：动，如未动。*

浴室的门突然弹开，一大团白雾飘了出来。过了好一会儿才能看到有一个瘦弱的身形穿着白色的浴袍，白色背景里的白色人形。吉尔伯特屏住了呼吸。那个小伙子看起来就像是透明的一样，似乎是液化了，几乎要看不见了。他心里有一点儿害怕，甚至不敢跟与谢说话，觉得他声音

---

* 原文为"Handeln, als handele man nicht"，指道家的无为思想，即"为无为"。

大一点儿，与谢都有可能会消失不见。与谢看上去还是一副筋疲力尽的样子，他走到运动包前面，又粘上了一抹崭新的假胡子。

　　吉尔伯特在洗漱之前，先打发与谢出去采购一点儿小东西。他让与谢去买袜子，就是每个超市里都有的那种便宜得要命的袜子，非常薄的那种，看着一下子就可能刮破，日本产的一次性用品。囤积一点儿这样的袜子总没有坏处，尽管他并不打算穿它们。他只不过想借机一个人待一会儿。与谢在房间里的时候，他用浴室都觉得不太自在。自从他知道与谢特别敏感之后，每个清洁的过程他都得小心翼翼，努力避免发出任何声响。厕所的坐便器是温热的，里面还可以喷出温水，居然还有音乐发生器，有各种各样的声音，比如说海浪声、雨声、可以调整音量的瀑布声、淙淙的小溪声、鸟鸣、风吹过孤独的树发出的声音、涛声拍打海岸的声音以及莫扎特所有的小提琴音乐会。这个国家的洁癖实在是太严重了，居然想到用声音来掩饰会让人有肮脏联想的水流冲洗声。与谢使用浴室设施的时候会把瀑布的声音调到最大，所以吉尔伯特从声音上无法分辨他到底在冲澡还是在刷牙，可是自从他了解到这个设施的功能之后，自己反倒觉得有点儿尴尬。难道要通过铺这样一条声音地毯来强调自己在浴室里的动作吗？这种强化过的水声不是让人倍感窘迫吗？难道不会让外面的人反而去侧耳倾听吗？一般情况下人本来不会格外在意这一类的声响。吉尔伯特原本拒绝通过这种加强的掩饰声响来掩盖人最自然的排泄过程，可是考虑到既然日本有这样普遍存在的风俗，他如果不这样做，就是一种让人羞愧的行为。所以他打发与谢去买袜子，还侧耳倾听走廊传来的声音，电梯的门是否已经关闭，然后他才解开腰带走进卫生间。

与谢拿着袜子回到房间的时候，吉尔伯特正好赤裸着上身在擦头发。他用很热的水冲了一个澡。日本淋浴花洒里出来的水简直像开水。吉尔伯特想着既然他们即将踏上一次禁欲主义的旅行，就把水调到了自己勉强能忍受的最高温度，他全身的皮肤都像煮熟的螃蟹一样红。这让他想起了红屁股的猴子严冬季节泡在温泉里的场景，那是日本猕猴，就是印刷在旅游指南上的那种特别可爱的猴子。他的身上也冒着热蒸汽，冒汽的身体像一只烫得红彤彤的猴子。他赶紧套上一件 T 恤衫，接过新袜子。等与谢回过身去，他就把滚烫的脸埋在袜子上闻着，有点儿忧郁，因为这些袜子崭新崭新的，还没被穿过，那么干净。他现在很想去看那些日本猕猴，他这趟旅行本来就计划了要去看看动物，那些还没见过的动物，比如日本貉子，很像美国浣熊或者欧洲獾；传说里的白狐，可以幻化成贵妇和优雅的男子；还有荒蛮的北海道的棕熊，这曾是他童年时的梦想，像一种执着的渴望，他以为自己早就忘记了，现在突然涌上心头。他尤其想看到覆盖着白雪的水池里的日本猕猴，最好是在冬季，而不是夏末，他想看看这些动物如何在白雪覆盖的原野中移动，它们会留下什么样的足迹，想知道这些动物对什么东西感到好奇。红脸猕猴身上覆盖着厚厚的褐色皮毛，像是一种非常神秘的存在。这些动物动起来的样子会让他更强烈地感受到自己的存在。

他穿上鞋子，拿起皮包，摸索着找房间钥匙。咱们出发吧，吉尔伯特庄重地说，从上野的樱花开始。

当他们离开酒店的时候，与谢提醒吉尔伯特，上野的樱花在这个季节已经看不到了。吉尔伯特有点儿生气。与谢压根儿意识不到事情的核心在哪儿。本来应该认真计划的事情，他却态度十分随意，该随意的事情他又十分认真，这是他失败的另外一个原因。

吉尔伯特耐心地解释说，我们去上野，想象一下当年芭蕉看到的樱花。花其实并不重要，重要的是感受那个地点的能量。芭蕉之旅发生在五百年以前，至于今天我们写下的两个字是春天还是秋天，本质上已经不重要了。关键是内心的体会：时间飞逝，而地点永存。

从与谢的表情上看不出他是否理解了这个观点。可是他的身体振奋了一下，似乎甩掉了疲惫，他换上了导游那种有责任感的、专注的态度。

在上野公园他引导着吉尔伯特走到中心林荫道上，路边的确栽种了很多樱花树，光线跳舞般反射在树叶上，吉尔伯特有一瞬间甚至感觉自己看到了白色的花海。或者是白雪。他宁愿眼前是这两种景象之一，而不是现在这种平凡的绿色，尽管他心里想，重要的是地点，而不是时间，反正他一点儿都不可能唤回樱花。就连芭蕉在启程之日对着上野的樱花也只想到了西行法师的一句诗："我何时才能再见到它？"吉尔伯特倒是模模糊糊地想起了一句和樱花有关的诗："想要找到樱花，就把树劈开，这是错误的做法。"他转过身去朝着火车站蹒跚而行，没有等与谢。他暗下决心，在接下来的旅途中不再想着樱花，而是将注意力放在四季常青的长寿树——松树身上。

北千住站。自杀者经常选择的地方。毫无特征的高楼大厦。宽敞的有轨电车，川流不息的车流。根本看不出历史上驿站的痕迹。他们在一个红绿灯路口等了很久。然后信号灯变成了绿色。他们无法决定该不该过马路。等到第三个绿灯的时候，与谢像是接受了命运安排一样走了过去，他们经过一排房子，全部都是后门和丑陋的空调外挂机。他们侧身经过这些机箱，同样的机器不断重现，好像都是同一款产品，而他们就像被时光机固定了一样，总是经过这样的外挂机，似乎没有尽头。之后就是已经不再营业的餐馆，玻璃展示柜里还摆着塑料做的菜肴模型，落满了灰尘。一家小超市，一家卖体育奖杯的商店。与谢像梦游一般寻找一栋崭新的房子，比报刊亭大不了多少。他们走进玻璃门就感觉房间里面人已经太多了。这是一个邮局，里面有两名顾客，一个柜台和一把等待时坐的椅子。简直无法想象这就是曾经的古驿站。不过无论如何这里起码还有一个邮局。他们买了一张花卉主题的邮票和一张明信片，吉尔伯特只给玛蒂尔德写了一句话：来自东京的亲切问候。

他们继续沿着主街往前走，与谢毫不犹豫地走着，像个机器人一样，而且沉默不语。笔直的街道慢慢升高，连接跨越隅田川的桥。与谢沿着这条街走到岸边。

因为拱桥的阴影，水面是黑色的，平整光滑得像银行的大理石地面。

与谢简短地解释道，芭蕉和他的旅伴就是从这里出发去北陆的。第一段旅程他们是坐船完成的。这就是他们上船的地方。

吉尔伯特一眼就看出与谢挑选的这个地方简直太合适了。平静的水面，无论扔进去什么东西，都会立即恢复平静，所有发生的事情都会被这毫无参与感的平静遮盖。他们靠在栏杆上看着河水。桥的钢梁投影在水面上，有一道白色，一道湖绿色，少见的儿童水彩画颜色，平时也许能在社会热点事件、医院和孤儿院见到，为了用一种温和的颜色来平复不可名状的灾难。薄荷绿色的柱子插进水中，红色的浮标像是头颅一上一下漂浮着，过于鲜艳的木条相互交叉，像是塑料玩具和冰激凌。上面是桥梁的钢架支撑构造，就像过山车的轨道。

吉尔伯特转身想走。这时他才看到芭蕉。和真人一样大小的画像，画在河岸墙上的涂鸦，是用毛笔画的，芭蕉穿着江户时代的衣服，正和他的旅伴一起费力地攀爬河岸的斜坡，准备找过夜的地方，结束第一天的旅行。

吉尔伯特想象中的芭蕉身材要更雄伟一些。他觉得这幅画很严肃。芭蕉一副瘦削的形象，弯着腰，背着沉重的朝圣帽子，脖子上挂着朝圣行李的带子，手里拄着朝圣拐杖，就和普通的拐棍差不多，身边跟着一个被压得更低，几乎是趴在地上的随从。他的后脑勺对着观察者。看不清他的脸。

与谢几乎不被人察觉地点了点头，让吉尔伯特走在前面，二人一前一后沿着河岸的台阶又回到主街上。现在干什么呢？与谢问道。他声音很小。他以前不敢贸然提出这样的问题，语气里包含了一点儿不知所措，甚至是不满意，似乎是明确地向吉尔伯特的决策权力表示怀疑，可是他诚实的态度略微有一点儿松懈，他的身体也略微地缩了一点儿，他朝四下里看了看，就好像不知道该往哪儿走，总之，他表现出来一点儿不耐烦。

吉尔伯特宣布：现在我们每人作一首小诗。

与谢惊愕地点点头。他嗫嚅道：我们需要一张桌子。写字用。

他们走进邮局附近的一家小饭馆吃汤面。与谢的样子有点儿尴尬。他从碗里夹起蔬菜和肉块，三两口地吞下面条，把汤喝光，一切都少见的克制，就好像自己压根儿什么都没做。与谢低着头，像是在对桌子说话。吉尔伯特只听到不甚清楚的一句嘀咕。如果是他的学生在发言的时候这样不清不楚地自言自语，他简直无法忍受，就好像学生要通过这种捣乱的做法来表明他们不知道老师的要求对不对。他努力克制自己不对与谢发火，就像他在大学教学楼经常要求自己的那样，尽可能友好耐心地请求与谢，重复一遍刚才那句话，请说得大声而且吐字清晰。与谢头低得更厉害了，恨不得把自己缩小成一个显微镜下的微生物，声音提高的程度几乎和之前没啥差别。吉尔伯特勉强听到他说在东京大区内，芭蕉留下的痕迹几乎没有了。那些地方都不值得一看，现代的发展早就碾压了一切，破坏了以前的美感。

吉尔伯特无语了。这个小伙子在想什么？他是想批评自己吗？也许他根本没有任何想象能力。

吉尔伯特做了一番关于现代东京的演讲，谈到古老的江户，描述了这座城市几百年来的变化，如何建造了这么多的高楼，整个地区到了晚上就变成了一片灯光的海洋，这是另外一种形式的美丽，芭蕉在他生活的那个时代当然没见过这种风景，但是如果他能看到肯定会有所感触吧。吉尔伯特气鼓鼓地把筷子扔进空碗里，谈到东京的变化，就好像是他亲身经历过一样，与谢缩成一团，可是吉尔伯特看不出来他到底听懂了多少。他想起与谢的英语实在是很差劲。刚才那句话——"芭蕉的遗迹不值得一看"，他肯定在心里默默准备了好几个小时，在脑袋里组织好这一句话，背下来，然后找个也许并不恰当的机会说出来，倒是说得挺流利。这种对话实在是太费劲了，简直无趣。

两人的碗被收拾走之后，吉尔伯特掏出了笔记本。

东京的问候——

他开始写，又考虑了一下，从笔记本里不耐烦地撕下一页纸塞给与谢。与谢顺从地接过去，打开一次性毛笔的笔帽，摆好了写字的姿势。看起来似乎他一直都有用毛笔写字的习惯。

东京的问候——

樱花早已凋谢了，

唯剩灰水泥。

吉尔伯特读了好几遍自己的诗句，觉得写到点子上了。他一开始读芭蕉的书就学到的俳句规则也完美地体现了出来：第一行五个音节，然后是七个，再变成五个，其中必须有对季节的暗示，一个感官上的印象，要适用于所有人，不涉及个人感受，而遇到敏感的读者，一定能体会到字里行间深刻的情绪。

与谢写的是：

古老的驿站——

与白色信件作别，

夏日的花朵。

吉尔伯特不得不承认，从与谢的诗中能看出他受到过古典诗歌写作的训练。他居然映射了西行法师最有名的诗句，也是芭蕉在这个地点曾经引用过的，显示出了很高的文学素养和知识分子的高雅。不过，与谢满脑子都想着告别信，所以这首诗从完整意义上来说符合整体的设定，从根本上来讲只是偶然的成功而已。无论如何，与谢总算能书面表达一下自己的想法了。芭蕉的随从河合曾良也是个诗人，在北陆之行途中他写的俳句也被芭蕉记录在日记之中。

吉尔伯特情绪大好，又点了甜点。抹茶冰激凌球。与谢对冰激凌大为赞叹，说使用的绿茶粉质量很好，能吃出来一定是宇治抹茶。然后他又赞叹了一下别的东西，情绪高涨，上唇粘着的假胡子掉下来一个角，他若无其事，很随意地又把翘起来的那部分按回去了。

在去上野公园的路上，与谢看到一位著名歌舞伎演员的广告招贴画。这位演员当天在东京登台演出，距离他们酒店不远，几个小时后演出即将开始。与谢说，应该去现场看一场这样原汁原味的传统演出，芭蕉也很喜欢的。

用芭蕉的品位来做幌子，吉尔伯特觉得太露骨，不过很明显与谢的英语词汇不够用，无法找到恰当的词句来形容这位演员的特点。吉尔伯特累了，他更愿意直接回酒店去睡上一觉。可是打发与谢一个人去看演出，风险又太大。

中午十二点，两人站在银座歌舞伎剧院外面，排着长队，挤过几个正在摆放广告牌的工作人员。招贴画上是一位年轻女子，头发高高盘起，插了很多花，脸上涂着很厚的白粉，像戴了面具。与谢很迷恋地点了点头。他摇头晃脑，就像一只铁皮鸭子，穿着卡其风衣的身体带着屁股一起晃动，他的举止实在是太古怪了，周围可都是极其遵守纪律的日本人，他们习惯了在任何场景下都规规矩矩，所以吉尔伯特替与谢感到有点儿不好意思。谁能想到这个潜在的自杀者看到招贴画上这个戴着一头花，打扮有点儿恶俗的女子居然会摇头摆尾地表达自己热切的期盼呢？真是难以理解。吉尔伯特掏出钱买了票，他不动声色地买了称得上天价的票，好像身上带着花不完的日元现金。到演出开始前还有一点儿时间，应与谢的请求，他们一起去了剧院的咖啡馆，点了茶。

吉尔伯特一直觉得自己不喜欢喝茶，所以他很迟疑，一小口一小口地啜饮。不过他并没有尝出什么奇怪的味道。实际上他觉得这茶什么味道都没有。

与谢一个劲儿地夸赞茶碗好看，上面以艺术风格画了一个戏剧面具。一张白色的脸，因神性的愤怒而有些变形，眼睛窄长，颧骨和太阳穴画着宽宽的红色条纹。与谢解释说，这是一个正面角色，因为脸上抹了代表祝福和正义的红色，如果是流氓，脸上会画上蓝色的条纹代表血管，象征冷血。吉尔伯特仔细端详自己的茶碗，上面画的也是歌舞伎面具，不过茶水的颜色和面具的基础色混在了一起，所以他看不出来这张脸是属于正面人物还是反面人物。他把茶喝光，面具上还是留了一点儿颜色，所以是一种不太好确定的褐色。与谢说，这个角色是恶魔。与谢继续解释说，他们不是为了男性角色而来，今晚即将登台演出的著名男演员是专门扮演年轻女子的。他们在入口处的招贴画上再次看到了那个演员，他是该国最好的"女形"，被誉为"活着的国宝"，他四岁时就第一次以女孩形象登台献艺，此后一直都将演员生涯奉献给扮演年轻女子，他现在已经六十多岁了，但是妩媚的仪态更胜过真正的女性。

他们找到座位后坐了下来，就是一般的剧院座椅，罩着红丝绒的套子。舞台上的幕布还没拉开，大厅里已经坐满了人，座位引导员穿行在过道里，高举着一块示意牌，上面画着一个被斜着划了一道的照相机和斜着划了一道的手机以及斜着划了一道的摄像机。然后从广播里传来一个男人的声音，与谢帮他翻译，是在预告今晚的节目，介绍剧情，提醒大家注意欣赏演出的高潮。吉尔伯特认为剧院准备一份英语的节目介绍就更好了。与谢翻译得支离破碎，吉尔伯特只好部分依靠想象力才勉强把剧情连缀在一起。

一个姑娘被她的情人骗了。她因为悲伤过度而死去，重生为一只仙鹤，优雅之鸟。因为愤怒和悲伤死去，然后作为仙鹤重生，是降级了。这姑娘真应该保持冷静，然后去个寺庙，通过念经抵消那个负心汉的罪责。姑娘对情人不够宽容，因此遭到惩罚变成了一只仙鹤。负心汉娶了别的女人，仙鹤因为悲伤而死掉了。也很有可能不是关于一只仙鹤，而是其他的一种东西，比如乌鸦或者白鹭，鸟或者其他会飞的物种，天使或者鬼魂。

大幕徐徐上升，那个男演员就站在舞台中间。他穿着一件拖地的锦缎长袍，胸部下面系着一条很宽的带子，背后系成一个大蝴蝶结。从观众席的距离看过去，他那涂得惨白的脸上看不出年龄。脸很瘦，红色的嘴唇，极为优雅。他手里拿着一把扇子，当他开始动起来的时候，与谢激动地一把抓住吉尔伯特的胳膊紧紧地抱住。吉尔伯特浑身僵硬，斜眼看了看与谢，尽力让自己专注于舞台上的表演。他聚精会神，但是完全看不懂剧情，舞台上什么都没发生。那个男演员的动作就像蜗牛一样慢，他极为缓慢地在转圈，小心翼翼地踏出一只脚，扇子极其轻微地降低了一点儿，如果他的动作称得上是在跳舞的话，那真是吉尔伯特有生以来见过的最无聊的舞蹈，总之观看舞蹈从观众的角度而言都是非常无聊的。玛蒂尔德有一次逼着他陪自己去看一场芭蕾舞的演出，刚看了十分钟他就暗下决心，以后再也不要看芭蕾舞，哪怕在妻子的威逼之下，一定不能心软让步，要表明自己很强硬的态度，明确表示拒绝。一个半小时的演出时间对他而言真是一种折磨，他在椅子上坐立不安，还吃了糖果，不过不管怎样，他达到目的了，玛蒂尔德再也不想带着他一起看演出。如果将欧洲芭蕾与日本歌舞伎表演相比较，那芭蕾舞算得上是靠大腿敲击，带有民族舞蹈意味和比较原始的娱乐性。歌舞伎演员的动作是以毫米为单位的，将扇子打开一半就需要好几分钟，这简直是给变形虫看的娱乐方式。吉尔伯特的手还被与谢那冰凉的小手紧紧抓着，于是他就把手放在椅子扶手上，用手指甲去抠丝绒罩子。

突然大幕落了下来。吉尔伯特没有看出任何的剧情、任何的发展，可是与谢放松了下来，把手抽了回去，告诉他说第一幕结束了。时间最多只过去了一刻钟，不过给人的感觉却像过了很久。周围的日本人继续坐在红丝绒的椅子上面，纷纷掏出各种野餐时的食物吃了起来。与谢递给他一块橡胶模样、甜甜的糯米团子，裹在一片盐渍的橡树叶子里。吉尔伯特吃完了柏饼，靠在椅背上，听着大家都在喋喋不休地大声说话，突然之间大家那种放松的期待似乎也感染了他。幻想的分水岭，芭蕉在千住与之前的生活告别时曾经这样推荐过，他知道自己要漫游三千英里。漫游练习变成了一生的旅行，也就是说，你站在十字路口，可以选择走还是留，继续做之前的梦还是换一个梦。根据佛教的教义，如果与永恒的真理相比，这两个梦都一样不现实。

吉尔伯特现在等着大幕再次开启。他决心放下一切抵触情绪。不过他把双手紧紧贴在大腿上，这样与谢就没法抓住他的胳膊了。

　　男演员换上了一件带风帽的白色长袍，脸完全被帽子遮住了。他用一把伞挡着自己，将伞合上一半，然后再打开，一会儿把伞藏在幕布的后面，一会儿再去拿起来。舞台上飘起雪来，男演员的脚上穿着分趾的白色袜子，他抬脚穿过很少的几团白雪，之前挂伞的那个支架用纸板装饰了一下，假装是风吹起的白雪。总而言之，舞台布景传达出一种绝望的情绪，吉尔伯特问自己，这场演出是否适合与谢观看。他现在倒是非常期待看到男演员摘掉风帽，露出女性化十足的脸。他终于明白了，感觉上被放慢的时间，是为了不断提升一种庄严的全神贯注。果然，不知何时，那顶风帽向后落下，吉尔伯特两只手紧张地绞在一起，不知何时，白色长袍的上半身也脱掉了，露出里面火红的锦缎长袍，舞蹈一直持续，服装换了好几身，两个昏暗的身影走上舞台，像是隐身在昏暗的背景之中，帮助躲在雨伞后面、缓慢旋转的男演员解开了蝴蝶结，解开了腰带，脱掉上身穿的衣服，他从雨伞背后出来的时候身上的服装就彻底换了一身。让吉尔伯特感到惊讶的是，换衣服的过程就发生在几秒钟之内，称得上是真正的变身。助演果真有一双巧手，同时又要求舞者有高超的技艺。吉尔伯特对表演的崇敬之情不断增长，因为在结束时他再次见证了极慢的动作中蕴含的高超技巧。他简直不知道是爱上了舞台上的这位女性，她优雅的身姿真是让人无比爱慕；还是爱上了对身体有极端控制能力的演员，又或者他内心更希望自己就是舞台上这位柔软的男演员以及他扮演的绝色女子。在昏暗的观众席里，吉尔伯特的手偷偷地模仿舞者那无比高雅的动作，世界上没有哪个女人有如此大的诱惑力，将女性的柔媚发挥到了极致。他心里偷偷地说，亲爱的玛蒂尔德，这真是无人能及的一种雌雄同体。没有一个真实存在的人曾让他有过这种感受。

他们从剧场走出来的时候，才刚到下午。地铁里人满为患，他们差点儿被挤死，好在没几站就到了皇居，他们赶紧下车。东京皇居外苑，在一片巨大草坪上的松树队列。紧挨着他们的是一些发出阵阵笑声的学生群体，不停地用很粗的塑料吸管喝着一次性杯子里的奶昔饮料。

在东京随着游客大军到处转悠可不是吉尔伯特抛弃一切的初衷。抛弃，意味着不再按照周边世界的允诺生活，更何况是这种绝大多数人要做的俗气事情。

两个身穿红色运动服的女人在用自拍杆拍照。吉尔伯特简直无法忍受这种自拍杆。他禁止学生们用这种东西，不仅是上课期间不许用，而且是平时也别用。他每学期在课程刚开始的时候都会宣布，要想从他这里学到知识，必须有能力去过一些尊严的生活。这意味着某些特定物品就不要再用了。当然他没办法检查每个人是否遵守他的规定。但是在这些松树前面，看到那些举着自拍杆的人群，对比这些松树，他越发觉得自己的建议是多么有意义。

松树对访客是有要求的。它们平和而优雅地矗立着，一簇簇的松针绽放出坚韧的绿色，闪闪发光，像具有催眠效果一样，让人想起歌舞伎的舞者伸出拳头，再伸出五指。那些松树坚定地站在嘈杂混乱的人群中，像是定海神针，散发着几百年积蓄下来的高贵气息。人要配得上它们才行。

松树，就像是第一次见到它们。沐浴在下午耀眼阳光里的松树，只能看到大致轮廓，眼睛不停地眯着才能看到模糊的黑影。松树的阴影大面积地落下来，遮蔽了下面的小路。吉尔伯特从一块阴影踏进另外一块阴影，就像走在一个真实存在的木拱桥上，桥下是潭水，因为深不见底反而不会让人害怕，小路表面覆盖着一层柏油，皇居广场上松针的阴影徐徐浮动，摸不到的树枝、树皮和一簇簇的松针，也看不到天皇，只能看到粗大的树干散发的光晕。

吉尔伯特能感觉到身边的与谢，只要给他一点儿鼓励就心怀感激，这个人是真实存在的吗？此时此刻他觉得似乎与谢比松树的阴影还要难以触及。与谢提醒他，每一棵松树都是经过精心修剪的。

就像所有的盆栽一样，皇家的松树因为形态格外美而属于比较高的级别。这种叫作"直干",树的主干笔直向上,展示出一种年轻的、均匀的绿色。"模样树"是单干弯曲形。"斜干"的下部是笔直的树干,上部则朝一边倾斜四十五度,看起来好像随时都可能倒掉。吉尔伯特喜欢"双干"——有两根树干,枝干朝着各个方向铺开。他觉得这种树看起来最大气,其他的种类树干都很细,像巨型筷子戳在土里,而且他觉得那些树上的松针太过稀少。过分人为干预的树枝,树梢上长着屈指可数的几丛松针,日本正是因为这种强迫的美感而闻名于世。出于礼貌,他尽量认真地端详每一棵树,一边赞许地不停点头,因为他看到有些中年日本人就是这样做的,他们结伴而行,遮阳帽的帽檐低垂,慢慢地沿着路走,沉浸在对松树的观察中。有人时不时地指着某一节树枝,吉尔伯特是这样猜想的,不过也可能他们在指别的东西,因为他顺着手指的方向看去,并没有发现那节树枝有什么特别之处。与谢倒是目光追随别人的食指,吉尔伯特能感觉到与谢的身体姿态,他每次看到别人指的树枝身体都会绷得更紧,内心似乎也更坚强一些,好像他在复制松树的姿态,看到松树就能吸收到新的能量。

"风吹形",被大风吹得歪斜的形状,似乎树在朝着风的方向生长;"悬崖",像分级瀑布,模拟突出的山岩上向下垂着长的树;还有"文人木",属于文学家的树形,特点是松树看起来有点儿破破烂烂的，长得不均匀，有些地方树皮都掉了，所以看起来格外老，也特别自然，与谢说，这些树形他们在松岛上一定都会见到。

　　黄昏时分他们回到了酒店。与谢用电热水壶热了一瓶清酒，然后用热水泡了方便面。他们俩累得筋疲力尽，实在没有精力再去外面正经地吃顿饭，或者在酒店的餐厅端正地坐在桌旁。他们整理好第二天要带的行李，然后就早早上床睡了。吉尔伯特关了灯，不过之后他又爬起来，把窗帘拉开，看着入夜后东京的万家灯火。

　　等到他马上就要睡着的时候，与谢开始说话了。

　　他只有一次和姑娘出去约会的经历。他请她在一家传统的饭馆吃饭。他们坐在榻榻米垫子上，一道漆成暗色的屏风把他们的小房间和其他空间隔开，屏风的油漆非常光滑平整，甚至能当镜子用。因为那个姑娘长得非常漂亮，与谢几乎不敢看她本人，只用眼角瞄着姑娘在屏风里的影子。当她起身去厕所的时候，裙子划过瘦瘦的膝盖，他在屏风的反光中看到她的裙角着火了。这一定让他大感震惊，因为在这一刻，而不是此前，他意识到这个姑娘是一只狐狸，变成了年轻女子的模样。狐狸是变形艺术家，会各种法术。它们可以把尖嘴或者尾巴尖儿点火，还能让人看到幻象，因而痴迷。着火的裙子就是一个明显的信号，可是与谢对姑娘走路时的双腿如此痴迷，他对自己解释说，这一定是因为自己受到了感官的迷惑而产生的幻觉。

那天晚上他们很少说话，倒是吃了很多：八爪鱼和金枪鱼、藕片和黑色的鹿角菜、凉拌海蜇。他们喝了汤，还吃了肉丸子、盐渍梅子和皱褶像树皮一样的油豆腐皮、深海大虾、贻贝、甜的豆腐福包，馅料是糯米和芝麻粒。

与谢不敢开口说话，他低着头看着满桌子的菜，尴尬地看一下桌子，或者看着菜肴，再瞟一眼闪光的屏风。那个姑娘一直等着与谢挑起一个话题，他应该多聊一些，这样她才能用不同的表示赞同的词语来肯定他的话，这才符合传统的角色分配。他们评论贝壳的时候只使用最简单的词，"啊，哦，是的"之类，她每吃一块鱼都点点头，可是他一直都不开口，过了一会儿，她只好主动说话。她提了几个问题，问他喜欢吃什么，喜欢听什么音乐，他的兴趣爱好，其实都是最普通的家常话，但是与谢完全没有办法聊天，他的嘴巴干得要命，尽管他不停地喝茶。他的回答都是一两个字，只是大口大口地往嘴巴里塞满米饭，他又点了一些菜，用眼角的余光看到她的手轻盈地拿着筷子，自己却一句话也说不出来。最后她不得不讲起自己的事情，也许为了挽救这个晚上的约会，也许是因为他善于倾听，做出一副很理解她的样子。不过这一点是她搞错了，与谢尽管做出一副用心倾听的样子，但是他完全没办法听懂她在说什么，他现在也只记得零星的几句碎片。

她的父母刚刚买了一辆新车，第二天她哥哥就把车撞成了废铁一堆。虽然他十分幸运地捡回一条命，甚至都没受什么严重的伤，但是她开始怀疑父母的信仰，怀疑那些神道教的仪式有没有用，这些仪式花费昂贵，本来应该能够保佑车辆不会受损，同时还能保佑里面的乘客。如果说她父母犯了一个错误，那就是哥哥根本没有参加这个仪式，而是由她陪着父母站在停车场，不停地鞠躬，顺从地完成各项指令。难道说因为父母花钱不够多，或者她自己不够虔诚，还是说这种仪式压根儿就不用当真，那些朗诵和歌唱，敲打一面锣，用白色纸条的拂尘扫过汽车，还要把开光的牌子挂起来，都只是做做样子而已？

她抱怨起来，其实主题无非就是面对宗教传统的常见问题，到了某个年纪就会无法避免地浮现出来。事后与谢意识到，她的这番话只是让他放心，在他面前她扮演着一个很普通的女学生。因为这天晚上告别时他们接吻了，更确切地说，是她突然出乎意料地用嘴唇碰了碰他的嘴唇，他立即感觉又看到了那一团火，嘴唇也火烧火燎。他一瞬间就明白了，是狐狸的尖嘴让他全身着火，因为他从来还没有感受过这样灼热的燃烧。他一把推开她，转身就跑，尽管那并不是他回家的方向，他此刻想到的就是逃离，当他回过身的时候，没有看到她的浅褐色裙子，也没有看到她穿着白色棉袜的双腿，而是一条特别巨大的狐狸尾巴消失在街角。

他们上的是同一所学校，可是从那晚以后，每次偶遇他就装作没有看见她。他的父母觉得他的行为方式不值一提，女孩子的父母则苦恼得要死，而全校学生一直在窃窃私语，让他觉得自己当时就应该找一座桥跳下去。可是他当时思想混乱到压根儿没办法做出任何决定。

他上大学以后就搬出了父母的家，来到另外一座城市生活，尽管那件事情回想起来还是无比尴尬，但是毕竟他们不在一个城市，他还是挺感激这个空间距离的。他拒绝接手父母的茶叶店，想过一种新生活。可同时他又忍不住总想着那个姑娘。从那以后他对别的女人都提不起兴趣。他说自己是被狐仙下了蛊。

吉尔伯特叹了一口气，他该对这个小伙子说些什么呢？他的学生同样也为了感情的事情感到困惑，但是他们必须咬牙前行。他们对其他人可能会宽容很多，对自己反而缺乏耐心。他们在表达内心困惑的时候可能不会使用这么优美的表达方式。他们清楚发生了什么事，甚至是过分清楚，可这一点无法帮助他们解决困难，反而可能会让解决之道更加复杂，但是这种知晓的态度起码让他们有一个支撑点，让他们能有些许旁观者的心态，从而不会过于在意那些令人尴尬的细节。

为什么与谢没有一丁点儿佛教的镇定？这样他至少能够用微量元素解释一下在禅宗的国度人们在男女日常交往中有什么样的期待，毕竟另外一方面，众所周知，日本在色情实验方面的兴趣如此高，能毫无罪恶感地将最粗鄙的伤风败俗结合到放纵不羁的性生活里。

吉尔伯特回头面对昏暗的房间说道，再多讲一些关于狐狸的故事。窗户透进来一些光线，明亮、神秘、耀眼。他试着采用牧师的技巧，让人们说出正在想的事情。这也是一种雄辩术的套话，他一向受不了这种句式，因为这句话的目的就是将一般水平降到不能再低的级别。与谢是个敏感的人，很容易受伤，似乎对一切都很开放，在谈话中不要让他感到羞愧是最重要的。

与谢兴致勃勃地说，狐狸年龄越大，迷惑人的能力就越强。它们喜欢变成有钱又有魅力的人，很明显狐狸喜欢这一类人。狐狸的经验越多，妖术也就越厉害，尾巴就越多。它们总是很饿，要吃掉大量的食物。大多数时候它们要往头上盖一片绿叶子，然后才能变成人。

唉，好吧，吉尔伯特说，他累极了，我们明天再接着说吧。他劝与谢可以再考虑一下，是否要拿掉那个姑娘头顶的绿叶，或者趁她身边有很多绿叶的时候抓住她。

　　他从与谢的呼吸声判断出这孩子已经睡着了，压根儿没听到自己这一句建议。吉尔伯特拉上窗帘，将那些彩色的光线隔离在外。现在屋里黑得严严实实，他准备将自己沉浸到黑暗中。他脑海里浮现出很多树叶，彩色的秋叶，绿色的叶子，站在灌木丛前的玛蒂尔德，他看到黑暗中涌动翻滚的树叶，涌动翻滚的大树，宾夕法尼亚州巨大的森林。

　　美国红枫、银枫、糖枫、条纹枫、山槭树、大花山茱萸、美洲落叶松、桌山松、刚松、弗吉尼亚杜松、美国红桦、毛白蜡、白蜡、北美木兰、北美紫树、紫荆、檫木、大叶黄杨、欧洲山杨、黑杨、美国水青冈、美洲铁木、美洲鹅耳枥、黑野樱、黑樱桃、欧洲甜樱桃、北美白桦、山桦、加拿大黄桦、水桦、灰桦、黑桦、山楂、美国榆树、红榆、美国椴树、红桑葚、马里兰栎树、北美红栎树、白栎树、沼生栎树、猩红栎树、栗栎、美国鹅掌楸、黑柳、北美金缕梅、杨槐、北美皂荚、山胡桃树、摩克果树、光叶山核桃、黑胡桃、核桃树、野生小苹果树、柿子树、铁杉、胶冷杉、白云杉、泡泡果、七叶树、欧洲栗。一系列的赤杨。

　　他们站在一片被暴风蹂躏过的赤杨林的边缘，一片叶子从树梢飘落，晃晃悠悠地在树枝间飘过，直到卡在中间部分的树杈上。

　　暮色渐至，清凉的晚风。云朵向西边飘动，云卷云舒像大海，像灰色的圆桶在风里打滚，就像无尽头的车流一样聚在一堆，滚滚向前的高速公路，美国的心脏。长出胸部和城垛的云朵，这叫乳状云、堡状云，一个巨型防御工事，由又湿又滑的海蜇群组成，慢慢飘过，飘远。海蜇灰暗的背部缠绕在一起，碎片慢慢脱离，这叫碎层云，像在一床大棉被下孕育了独立的生命。雨层云，很快就要下雨了。

仙台

第二天早上他脑袋里还满是树叶，一麻袋的干树叶，塞得实实的。他的感觉也变得迟钝，既迟钝又轻盈，就像久病初愈，或者压在心头，一直不给他喘息机会的那块大石头终于被拿掉了，决定要让他轻松一阵子。

东京——上野——大宫——宇都宫——郡山——福岛——仙台……

虽然还在东京，当他们踏上开往仙台的东北新干线，一切就都不一样了，就好像东京是一个顶点，整个国家从这一点开始就从熟悉的突然变成了陌生的。他们之前从自杀森林回东京乘坐的那趟列车——"光"号人非常多，所以尽管设施崭新，颜色亮眼，技术先进，可是总让人觉得不够舒适，而前往仙台的列车上人非常少。继续往北的那一段路线，经过一关市和北上市到盛冈，空座位就更多了。想要前往日本最北端岛屿——北海道的人需要在盛冈换车。青森、登别、札幌，就是这一条线通向堪察加半岛，去往千岛群岛，前往俄罗斯的边界。淡黄色的窗帘在窗前来回摇摆，根本就没办法遮挡太阳光，其他列车上安装的是密实的塑料百叶窗。这土气的窗帘伴随他们踏上了前往北陆的旅途，这片充满了传说，具有挑战性的土地，这是探险与朝圣之旅，属于渴望远方的人和被驱逐的人——如今情况还是这样吗？

他们坐在列车里，窗外的风景飞快地掠过，虽然不是用双脚走过的土地，也算得上是穿行而过吧。他们经过了一站又一站。可以说是一种一动不动的旅行，动，如未动。或者说一种迟钝的、令人眩晕的无目标的漂泊，像风中的落叶。

他们正在前往松岛的路上，是直达的车，中间没有逃避，没有停留。这就导致他们跳过了芭蕉经过的几站。比如栃木县的室八岛，这里供奉着木花开耶姬，她既是富士山的保护神，又是能让樱花开放的春之女神；还有日光的庙宇，那须的游行柳，西行法师在一千年前就曾写下和歌咏叹过。

芭蕉曾经在日光写下一首俳句赞叹春天的新绿：

绿叶新香，

嫩叶阳，

天山日光。

他眼前浮现出一幅寺庙的画面，阳光照在新生的嫩叶上，而且巧合的是这个寺庙的名字就叫日光。芭蕉的俳句写的是一种关于思想的比喻。这座寺庙的精神力量穿透了世界，穿透了人，就像阳光穿透了嫩叶。与芭蕉同时期的德国诗歌中也经常使用类似的比喻。比如布洛克斯的《夜樱》："明亮的月光穿过樱花的白，如同上帝的光穿透诗中的主人公。"这种画面感带有日本特色，真让人疑惑布洛克斯是怎么想到这种比喻的。刚长出的嫩叶挂在枝头，被强烈的阳光穿透——吉尔伯特感觉自己就像一片落叶，所以也不是非去日光不可。另外他必须确定旅行的内容重点，之前他已经决定了，过去这几天他一直在不遗余力地研究松树，这一路上他们还会碰到数不清的落叶树。

说到柳树，无论是西行法师还是芭蕉，他们都喜欢站在柳树的树荫下，去感受树荫以外的生命时光在静静流逝。

柳树带给他们一种意象，面对易逝的万物他们获得了内心的平静。

西行法师曾经就那须的游行柳写下过一首非常有名的和歌：

> 路旁清澈溪流，
> 我愿柳荫下小坐。

芭蕉把自己看作能和伟大的诗人西行法师进行诗歌对话的人。至于说西行法师离世已经多年，这一点儿也不妨碍两个永恒灵魂之间的交流。能够站在同一棵树的树荫下，他就感到十分幸福，因此他也赋诗一首：

> 风流之初，
> 奥州路，
> 插秧歌物。

这些例子也说明了诗歌创作中的前后不一致。有时柳树象征着旅人，颇有"一蓑烟雨任平生"之意，有时又代表了永恒变化中岿然不动之物，这棵树一会儿是这个意思，一会儿又是那个意思，本身就是矛盾的。吉尔伯特有点儿恼火，他很想再详细问问与谢，这到底是什么意思，这本身就是一个矛盾体，是一个悖论，也许对日本人来说这很容易理解，就好比是禅宗里的那些不太难的公案，只不过对于非日本人来说简直不可思议。

而他们坐着火车疾驰而过，驶过那棵柳树，他们已经错过了春天的新绿嫩叶，到现在为止他们还没能做到面对一切飞逝而过的现象保持内心的宁静。

亲爱的玛蒂尔德：

我们抄了近路。如果沿途所有的景点都去看一遍的话，恐怕我们永远也到不了松岛。最重要的是我们决定不去三原火山。与谢因此很不高兴，都不跟我说话了。几百年来不断有悲观厌世者爬上这座火山跳入火山口。起因是一部长篇小说*，这是一本畅销书，里面描写了一对悲情的情侣如何想到了这个主意，从此以后就不断有人模仿，也算得上是一种维特效应吧。这本书出版之后，此地的旅游业发展极为蓬勃，还开通了专门的轮渡，让那些自杀者能轻松到达这座小岛。而瞧热闹的人也纷至沓来，一大家子人周末就沿着新

---

* 指白石一文《火口的两人》（河出书房新社，2015）。由荒川晴彦执导的同名电影于 2019 年上映。

开辟的徒步小路走到最有名的自杀地点。即便现在火山口已经安装了围栏，可是此地的受欢迎程度丝毫未减。在1930年至1937年之间有超过两千人从这个观光点纵身跳入滚滚的熔岩。这是一个万人坑，我可不想让与谢靠近，所以我禁止他去这里。

还有芭蕉也曾经去参观过的杀生石，我们也决定绕过，这是一块火山喷发后形成的石头。它散发出致命的有毒气体，使得周边寸草不生。它总是覆盖着厚厚一层昆虫的尸体。天空中飞过的鸟儿也会被毒晕摔下来，哺乳动物不敢靠近，植物枯萎，所以这块石头矗立在一片沙漠一样的荒地上，周围是碎石堆。这片荒凉之地总是围绕着令人压抑的雾气，这是一片让人不寒而栗的地方。却有成群结队的游客前往。这种致命的毒气对与谢格外有吸引力，这也容易理解。如果我处在他这个年纪和这种绝望的心理状态，肯定也会对这种自然现象着迷。也许我会用脚踢开成堆的蜜蜂、蝴蝶和苍蝇的尸体，好让自己吸入那种毒气。我之所以决定绕过这块石头还有一个原因是芭蕉的一处注释。据说很久以来都传说这块石头是九尾狐仙变的，它是一个法力极高的妖怪，本来成为天皇的宠妃，想要用妖术控制天皇，没想到被人识破，于是就变成了这块有毒的岩石。即便它已经被高僧破除了咒语，狐仙的魂魄也飘散了，可是它的毒气却丝毫没有减弱。宁可信其有，不可信其无，像与谢这种容易招惹狐仙的体质，我还是让他远离这个是非之地为好。

我们在狭窄的诗歌小道上可能会接近这个地方，考虑到与谢的心理状况，我会在尽可能别太劳累的情况下竭尽全力带着他绕路穿过这片区域。

杀生石——
它的氤氲之气带我
回到古老的年代。

吉尔伯特觉得这几句诗写得很好，于是他又把英文翻译也写在旁边，然后带着期待的表情递给与谢。

与谢正缩坐在一个座位上，看起来读懂了吉尔伯特的想法但并不赞同。与谢努力地想表现出他极为不满，而且还想控制局面。他无声地逼迫吉尔伯特到杀生石那一站下车。他傲慢地垂下双眼，不去看窗外郁郁葱葱的景色，他拒绝被窗外这种日常的平庸所吞没，如果愿望得不到满足，他表现得就像一个任性的孩子，毫不奇怪，为什么他父母会对他感到绝望。

与谢一脸固执的表情，用舌尖舔了舔毛笔尖儿。他想不出自己要写什么，也没有兴趣，他觉得这种像写作业的态度很可笑，不值得费力气去做。最后他终于写了两句：

> 在荒芜之中，
> 我拒绝委身于你……
> 石化的狐狸。

  吉尔伯特认为与谢的诗写得主观色彩太浓，而且在语法上也不清晰，总之从日语翻译成英语之后给人这样的印象，再翻译成德语就更无法显示出清晰的语法结构。关键问题就是"你"后面的省略号，这不是一个有说服力的标点符号，只是让意思更加模糊，不知道与谢是因为粗心大意，还是故意隐藏，如果换成一个逗号，可以把"石化的狐狸"当作是"你"的补足语，那么诗中的"我"就果断地站在了狐狸的对立面。如果不用逗号而改作破折号，这在德语中是比较普遍的做法，在俳句中则标志着思想的反转，那么就可以解读为诗中的"我"出于一种病态的倾慕自己要变成一只石化的狐狸，或者是至少用这样一个过程来进行威胁。吉尔伯特觉得这种犹豫不决正表明了与谢的状态，而且也再次证明，在创作俳句的时候必须满足两个必要条件，即思路清晰和情绪平衡。可惜与谢两个条件都不具备。

吉尔伯特对与谢说，外部的自杀与内心的自杀没法相提并论。芭蕉是在努力进行内心的自杀，他想去除自我，才能自由地进行创作。当然人们可以把这种做法看作一种没有必要的极端行为，但这却是另外一种有趣得多的实验。

与谢没有回答。他表现得就像什么都没听到，什么都没看到。

他沉重地瘫坐在软座上，一副抗拒的表情，不可撼动，好像在暗下决心，不管吉尔伯特对他施加什么影响，他都不会放弃。这也许是一种不同寻常的力量，可能与吉尔伯特那种权威类似，这是一种生活导师般的力量，纯粹是精神上的，不见得是年龄大的人就一定会有的力量，这个年轻的日本人简直无法对抗这种力量，他没有别的办法对抗，只能不断地鞠躬，这种力量有点儿类似于至高无上的客体所拥有的力量。可是与谢只是表面上的鞠躬，他以一种夸张的姿势鞠躬，弯下腰，身体缩在一起，像是折弯了腰，可是他的内心深处却无比坚定，谨守隐藏的念头，目标是要战胜这种至高无上的客体。

"无所不能的上帝难道要创造出连祂自己都举不动的石头吗？"

这个哲学里关于至高无上的悖论*向上帝的无所不能提出了质疑。上帝的力量应该如何理解，它包含了什么，本身到底是什么？在关于这个问题的讨论中，比较折中的一派引入了一个概念叫相对全能（Allmacht）†，这个词本身就包含了自相矛盾之处，上帝虽然可以创造出这么重的石头，但是却因为重量太大而无法将它举起。或者换个思路：如果上帝能举起它，说明这块石头是空心的，证明了上帝在造物方面的无能；如果造物主举不起来，就说明祂在体育方面不太擅长呗。这些想法毫无疑问还是贴近现实体验而且能对观众产生影响的。在全能悖论中核心问题并非石头的重量，而是上帝。虽然现在吉尔伯特所说的话与以前发表文章里的观点截然相反，但他私底下其实还是相信上帝的绝对全能。当然，全能的上帝可以创造出任何一种形式的石头，祂也能够高高地举起它，如果有人认为一块全能的上帝无法举起的石头是上帝存在的反证，那他是没有理解，这场讨论的核心争论点并非能否举起石头，因为是由全能的上帝来创造逻辑规则，这才是问题核心所在，其他问题都不用考虑。吉尔伯特当年上大学的时候，在与谢这

---

* 全能悖论，也叫"上帝悖论"，是关于"全能"概念在语义学上的悖论，包含两个方面的问题：全能的个体在逻辑上是否成立；"全能"的含义是什么。

† 根据基督教神学的观点，全能者能行完全的创造，创造万物。

个年纪就已经想明白了，感受全能悖论就像欣赏一首诗歌，我们轻声诵读，而无须去思考背后的逻辑问题，也不用花费心思去研究，直接接受这种与众不同的、非理性的美就好了。

"无所不能的上帝难道要创造出连祂自己都举不动的石头吗？"

与谢就像一块受到重创的石头，沉默不语地坐在座位上。

他现在已经和这个日本小伙子朝夕相处好几天了，但凡与谢在传统日本禅宗公案方面接受过一点儿教育，吉尔伯特就可以开诚布公地和他讨论这些问题。吉尔伯特会针对与谢的情况，引用一些日本文化圈子里谜一般的轶闻趣事，也许与谢很容易就能理解，这样也许能帮助他找回理智。

例如关于《石头与思想》的故事：一位禅宗法师问两位云游和尚："那里有块石头，你们觉得它是在你们的思想之内还是思想之外呢？"一位和尚回答说："因为万物皆有灵，所以我觉得这块石头在我的思想之内。"于是禅宗法师说道："你要是思想里一直装着这块石头，那你的脑袋得有多重啊。"

还有一个故事叫《没有胡子》：一个和尚看到留着长髯

的菩提达摩画像，他抱怨说："这个人为什么没有胡子呢？"

东京——上野——大宫区——宇都宫——郡山市——福岛——仙台……

他们以超高速列车的速度穿越了福岛地区。他们走的这条路线在内陆，不靠海，距隔离区还很远。根本看不出来几年前这里发生了日本历史上最为严重的灾害之一 *。火车穿过田野，有时经过隔音墙，有时经过一片看起来普普通通、规规矩矩的居民区，经过长满森林的山坡上一连串独栋的小房子。看不到冷却塔，看不到核电站，看不到被海啸冲上岸的船，看不到被淤泥吞噬的房屋，看不到在淹没过屋顶的洪水中载浮载沉的汽车，它们的轮子朝天空转，看不到装着被放射性物质污染的土壤的黑色塑料袋，当年那些袋子堆得像小山一样久久都不曾消失。

列车经过福岛区域时经过了一大片开阔的平原，看起来和其他地区没有什么两样，也许更无聊一点儿，也许没有其他地区那么可爱，那么有乡村浪漫气息，因为列车时不时地经过窄桥，两边是刀切一般的深谷，然后还会行驶在长长的隧道里。在福岛地区没有什么特别值得观看的景

---

* 指 2011 年 3 月 11 日发生的东日本大地震。震中位于日本宫城县以东太平洋海域，距仙台约 130 千米。

色，按照东亚国家的经典传统标准而言，空旷也是一种美，平淡和内敛也具有一种美学价值。

　　吉尔伯特感觉这几天的旅行像是在冬天一样。盛夏季节已经过去，即将进入秋天，每天的气温仍然接近三十摄氏度，可是在他眼里，似乎窗外干涸的景象是冬天霜冻之后的田野。他脑海里越来越清晰地浮现出一次冬天的旅行，但是却看不清是在什么地方——在阳光照射下似乎很热，轮廓很清晰，细节丰富，离得很近。田野反射着耀眼的光线，所有反光的那些地方都亮得人睁不开眼，在他眼里就像是雪一般。

　　在仙台站，他走出了有空调的超高速列车凉爽的车厢，冻得有点儿哆嗦地踏上铁轨。湿热的空气就像一件厚实的长袍立即将他包裹起来，他觉得上不来气，似乎自己和周围的环境隔绝了。吉尔伯特内心雀跃地走上铁轨，怀揣着远离一切的秘密愿望，心里又有一丝害怕，担心这种逃避真的能成功。他心里暗暗希望，在这种逃避中找到某种东西能一下子打开他的双眼，让他能够看清承载万物的大自然。他觉得最有这种潜在可能性的东西就是松树，他心里几乎只想着松树。在风景如画的海岛上生长的日本松树——它们真的能教他如何去看吗？如果答案是肯定的，那为什么不能是一棵普通的松树，比如勃兰登堡州森林里的松树？

吉尔伯特回头去找与谢，他刚才还站在吉尔伯特身边。吉尔伯特率先从车厢里下来，与谢跟在他身后，吉尔伯特从后背感觉到了他。然后与谢走到他身边，恭敬地等待着，看看吉尔伯特是不是要先避让上车的人，再继续往前走。吉尔伯特被酷热搞蒙了，有几秒钟一动不动，于是与谢瞬间被人流吞没了。

吉尔伯特躲到一边，让旅客们通过，他的目光在一张张脸上扫过。他早就适应了日本人的长相，能够认出他们之间的区别，可是他并没有发现与谢。

他们要在仙台换车，于是吉尔伯特寻找通向地下一层的路。在楼梯平台上方和眼睛平齐的高度挂着一块类似装饰画的显示屏，上面是竹林风光。从四面传来电子音模仿的鸟叫，他沿着台阶往下走的时候感觉自己正走入一片凉爽的森林，结果鸟鸣声变成了糯米糍和彩色的果冻，变成一张长条桌上摆的和果子，穿着黑白两色校服的学生们正挤在桌子边。

仙台火车站，巨大、干净、现代。一个菠萝黄色的塑料蛋有机场大厅那么大，罩在能照出人影的水磨石地面上，雅致的候车区，巨大的盥洗室。吉尔伯特很想坐到那一组椅子中的某一张上，就坐在那里安安静静地等一会儿，看与谢会不会出现。一组舒适的座椅围着一个野餐桌，有一家日本人正笔直地坐在那里，喝着绿茶，吃着饭团和特别小的鱼干。吉尔伯特在靠近他们的一个桌子边坐了几分钟，从旅行包里拿出一瓶冰茶喝了一口。他看到那家人把吃剩下的饭团仍旧裹在保鲜膜里，然后放进一个木头盒子，再用一条彩色的手帕包裹起来。所有的动作都很安静地完成，说话都压低了嗓音，动作幅度很小，一点儿都没有急躁的情绪，在火车站经常能看到这样的场景，这真是一种从幼儿时期就训练出来的优雅从容。

就连盥洗室里的气氛也像是在一个奢华酒店里。大理石和镜子，异域风情的花朵，香水。一长溜巨大的洗手池，上面还配了灯，吉尔伯特看到自己在镜子里的脸被照得十分高雅。洗手台上没有溅出的水渍，也没有揉成一团的纸，就连地上都没有水滴。还有特别宽敞的更衣室，里面配有灯箱和传感器，都采用了人工智能技术，水龙头也是感应式的，旅客可以舒适地使用一切设施，而无须用手去触碰。他极慢地洗了手，一边观察反射光灯具旁边摆的鲜荷花，在镜子里看到了两盆荷花，而他身后的一连串镜子的反射形成了一串荷花，延伸到无限远。

仙台不是一个会让人想念的地方，这里什么都没有。

在旅行指南中几乎不会提及仙台，所以游客也不会到这里来。里面写着如果来过东京，起码从欧洲人的视角来看，代表着个人旅行经验的极大提升。而至于仙台，则是出于没办法避免的原因，比如因为商务旅行啊，或者是家庭原因，要在这里换乘。可是东京对于吉尔伯特而言去不去差别并不大。如果有人提到东京，他并不心动，列举出"东京—巴黎—纽约"这一系列的城市，他内心也毫无波澜，在德国的时候他也从来没有野心要往这个方向旅行。旅行指南内页上仙台的照片没有什么特别之处，灰色的高楼，看起来也很可能是在加尔各答、底特律或者是符拉迪沃斯托克。可恰恰是这种毫无特色格外吸引他。

几千年来被诗人们反复研究、不断描写的这片土地，由崇敬和传统构成的羊皮纸，从边缘化的角度和落满灰尘的石头上，永恒凝视的眼眸中，在仙台这样一个地方说不定反而会有新的发现呢？

尽管吉尔伯特只见过仙台的火车站，可是他喜欢这座城市。也许他应该留在仙台，住在一个令人沮丧的小旅店里，周围是停车场，毫无特征的建筑物，川流不息的车辆。潮乎乎的水泥地，酸得令人作呕的盐渍话梅，焦躁不安的动物们找不到可以让它们翻腾的垃圾桶，因为在这个绝对重视秩序和清洁的国家，公共场合没有垃圾桶。他喜欢仙台，这是一种顽固的偏见，整个旅途当中都无法忘记。

吉尔伯特在闪闪发光的大厅里多次转圈寻找，站在售货亭外面到处看，在每个小吃店里搜寻，在每个咖啡馆里找。可是就算与谢突然想去买东西，想去哪里快快地吃点儿东西，或者着急去洗手间，那现在他也早就应该回来了。总之吉尔伯特百思不得其解，为什么偏偏在这个火车站不幸与与谢走失。

他穿过宽阔的大厅，在长长的走道里到处寻找，感觉自己像是在机场候机楼。终于，他找到了正确的站台。游客们站得满满当当，时间正好赶上了上下班的高峰期。吉尔伯特还是没有看到与谢。显示屏上交替用日语和英语播放着发车时间，字体是灯笼红色，在黑底色上像血一样红，好像前方目的地充满了神秘气息，如同神道教里的神祇一般。

站台的地上画了一些标志线，日本人早早地就排成一列。队伍成一条弧线，和地上白色的标记完全一致。每个人都以令人略有点儿尴尬的准确度站在规定的地方，火车进站了，每一节车厢都正好停在指定的位置，门正好冲着队列之间的空地打开，乘客们有序地下车，守纪律地上车，整个过程是机械化的，根本看不到任何的不良情绪、推搡，压根儿没有那种公开的拥挤动作。吉尔伯特站在队列的最后面，他心情很急切，刚一走进队列就被那种"争当第一"的情绪完全控制，他以前从来没有这样过。没有人表露出一星半点儿的急躁，所有人都在等待，就好像这是天经地义的事情，而且大家都很留意自己不要占用太多的空间，免得打扰到别人；也尽量避免脚底下过于急促慌张，或者以其他方式流露出自己的不耐烦。吉尔伯特以毫米为单位往前挪，通过一种几乎不被察觉，但却很顽固的方式向他前面的一位老妇人施加心理压力，迫使她过一会儿就迈出一小步，以缩小与前面那位男性旅客之间的距离。吉尔伯特每隔两秒钟就朝火车开来的方向瞥一眼，把身体的重量从一条腿换到另一条腿，甚至开始不停地两脚来回跳。而别人都是并腿站立，手臂紧贴身体，面无表情。他举止很粗鲁，连自己都感到惊讶，如果更深入地自我剖析，是因为他毫不在意自己是否沿着标记往前走，也不在乎身后是否有人诧异地看他。他简直无法控制自己，与谢不在他身边，他就故意地做出拥挤的动作，好像他一定要做出别人都不敢做的举动。

他排在队尾，所以上车的时候没有找到空座位。他前面那位女士急急忙忙地走向最后一个空位，只比另外一个也看到这个座位的中学生快了几秒钟。当她看到那个男孩站在有座位的朋友们身边，摇摇晃晃地拉着吊环的时候，她很好心地把座位又让给了他。然后她就站在挤得满满当当的车厢里，挨着吉尔伯特挺长时间，脸上的表情既有深深的不悦，又流露出极大的优越感，她向所有人展示了什么叫作无私的举动，在任何情境下都要表现出良好的礼节。不过那个男孩实在是够笨，根本就没有感受到发生了什么，只顾无忧无虑地和同学聊天，完全没有继续关注这位女士。

吉尔伯特能读懂她的想法：日本就这样堕落下去了，良好的习俗都被破坏，一点儿也没有良好的家庭教育所应有的礼节。吉尔伯特知道她看到了就是他排队时站在她身后，还不断散发紧张不安的情绪，所以尽量避免在拥挤的车厢里与她四目相对，避开她那既失望又高傲的目光——她觉得自己做得对，同时又感觉受到了伤害，那可真是忧伤又冷酷的目光。

有很长时间火车都是在地下行驶。每一站都有人下车，一开始是学生们，然后是工人，之后是携带着购物袋和包裹的家庭主妇。车厢里空了下来，不知何时来到了地面以上，在日光里穿过郊区的城市。工业区、港口区、海边。

盐釜

亲爱的玛蒂尔德:

　　我们真的踏上了前往松岛的旅途，没有继续在途中停留和拖延。可惜我在仙台换乘的时候和那个日本小伙子走散了。我要强调的是我对他的关注丝毫没有松懈，因为我对他负有一定的责任，在现有情况下几乎可以说我对他有监护责任。他突然消失了，至于他是如何做到这一点的，对我而言就像一个谜。现在我觉得自己倒也没有什么直接责任，毕竟他已经是一个成年人了，他可以做任何自己执意要做的事。尽管与一开始的意图相悖，但我不得不中断旅途，我要看看是否还能找到他。为了节约时间，我们在前往松岛的路线中跳过了几站，其中就包括盐釜，从松岛过去的话当天就能到达。芭蕉在这里参观了好几处历史遗迹，比如海上巨石——那是在多贺，还有"末松山"，对于一个想要浪漫结尾的年轻男子来说，这两个地方都很有吸引力，还有以风景如画的陡峭悬崖著称的盐釜。所有这些地方都流传着关于对爱失望的传说，所以我现在居然也觉得，从某种意义上来说，这些地方我也适合去看一看。清原元辅有一首诗："今日泪盈袖，犹思相契坚。爱如波浪涌，吞此末松山。"这首诗让几代人听了都会落泪。

在距离松岛还有六个小站的多贺市，这里属于盐釜市，吉尔伯特从仙石线的慢车上下来，走路前往末松山。

他走过一片非常普通的住宅区。低矮的白色房屋紧邻街道而建，没有人行道。更为古老一些的小住宅楼，窗户上装着木质的遮光板，新一点儿的楼则安装了车棚和阳台，铺着碎石的停车场后面是排屋，全都是在很小的一块土地上建造的逼仄的房屋。在房屋墙壁和围篱中间的缝隙里勉强还种着一棵修建得像靠垫一样形状的松树。

一路走来全都是上坡路，尽管坡度还不算陡。低矮的墙在街道上投射出四四方方的阴影。在十字路口前的沥青路面上用白色的标志油漆刷着巨大的日文。头顶上方的天空，横七竖八地布满了电线。路上没有车，也看不到行人。

正午的炎热像灰尘一样落下，像一层面粉般覆盖着所有物体，显得很不真实。吉尔伯特来到一个街角，看到一座巨大的土地边界标志物。在一个水泥桩子上等距离地钻了一些孔，好将雨水引到排水沟里，上面是型砖砌成的高墙，让人想起由砖头垂直砌起来的墙，顶部还安装了铁丝网。街道在这处建筑外面拐弯，通往最后几棵松树。

三个大水泥块拦住了道路，之后街道变窄，形成了一个不起眼的人行道。如果不是立着指示牌，没有人会发现这两棵松树有什么特别之处。街道尽头的两棵松树，乱蓬蓬的，长在一个居民区的最高点，其余什么都没有。在松树后面，栅栏开了一个小口，通往后面宽阔的墓地。芭蕉就曾提及这些坟墓，他尤其对神树感兴趣。他曾经去岩沼看过武隈松，在仙台看过茂密的松林，赞叹过大海里长着圆顶松树的石头，爬上过末松山，这是被无数诗人骚客写进诗里的一处景点。

这里的松树象征着古典诗歌的一个地点，这个地方让人想起一个问题：两个相爱的人分手之后会变成怎样。他们立下誓言，即使分隔两地，哪怕海浪淹没了长满松树的山丘，两人的爱情也不会改变，此处让人想起一个关于不可能性的雄辩问题，因为上一次海啸的大浪都没能抵达这些小山坡，而且山的位置在过去的几百年间还从海边往内陆方向推移了几公里。所以现在神树就在车来车往的道路边，或者周围全是铺着水泥的广场，而且神树本身也只剩下干枯开裂的木头，人们勉强能够猜出它们是神树，就像他们自己一样，这些树也活在现代生活的负面阴影里，这里压根不值得前来观光。

吉尔伯特认真地围着树转了几圈，仔细观察树丛后面有没有与谢留下的痕迹，一封告别信，或者他的运动包之类的，可是当他看到这些松树可怜的模样，尽管是国家级的文化遗产，却疏于照顾，他无法想象与谢曾经到过这里。与谢肯定知道，位于熙熙攘攘住宅区的这两棵树，即便当地人强烈希望它们引起游人对英雄主义色彩和浪漫过去的回忆，与谢肯定也知道，这个地方完全不适合实施他的计划。

吉尔伯特没有继续在松树边停留，就离开了这个小山包，往山下的多贺市走去，那里有海中的巨石。宫中贵妇二条院讃岐曾在 11 世纪写过一首诗，感叹被蔑视的爱情：

> 抛情洒泪皆因汝，
>
> 爱似礁石隐不出，
>
> 两袖无干处，
>
> 谁知此恨长。

滔滔潮落后，

礁石水中藏。

　　吉尔伯特加快了步伐。他为什么没立即去那块礁石呢？水中的礁石，双层意义的被抛弃，因为海浪也会在落潮时离开石头。吉尔伯特沿着街道往山下跑去。在炎热中他的心跳也随着脚步声加快了。他脑子里一片混乱。

　　他上气不接下气地跑到了一个多岔路口，一眼就认出了"海中的礁石"——其实就是在交通环岛正中间用一个围栏圈起来的水池，正中间耸立着一座小岛，一块巨型岩石上长着三棵歪脖子松树。石头并非沉没在海水里，而是浑浊的泥汤，是用一条小运河引过来的水，也就刚到膝盖那么深。水泥砌成的围墙能让水深超过两米，不过吉尔伯特怀疑，在其他季节是否更好看一些。这里也没有与谢的踪迹。不过吉尔伯特还是盯着池底看了半天。他直接趴在围栏上探头往下看，只见水里漂浮着绿色的海草，还有一些硬币在闪闪发光，除此之外什么都没有。

　　吉尔伯特背靠围栏记录下一首俳句，这时有一辆小型货车围着环岛转圈，要把货物送到一条背街去。吉尔伯特写道：

最高的山上，

　　坟墓开始的地方，

　　立着两棵松。

　　那辆货车终于找到了一条路，一转弯走远了。这首俳句太出色了，简洁而又富有表现力，吉尔伯特觉得简直可以被收入教科书了。为了体现出"海上礁石"这个主题，他又继续写道：

　　海或不是海——

　　水是浑浊不清的，

　　只是一水坑。

　　他又补上几句：

　　在栏杆后面，

　　在我面前弯着腰，

　　请沉入水中！

　　其中的一首是他自己写的，另外一首就代表与谢吧。与前面的松山俳句相比，这两首听起来都有些伤感，情绪不稳定，有点儿压抑。所以他也不是很确定，这两首俳句该如何分配。那首更悲切一些的应该给与谢，或者假装是与谢写的，不过两首的气氛都一样不幸。他决定日后再做出选择，挑一首稍微愉快点儿的诗署上自己的名字。随意分配一首给与谢就好，谁让他自愿退出，吉尔伯特在这段旅途中只能替他写了。毕竟写一首烂诗算不上什么大不了的倒霉事儿。他又读了一遍，感到一种翻滚的不安情绪在他体内升腾起来，牢牢地占据了他的心，不断涌出的泡泡纷纷破裂，于是他又匆忙跑回车站，乘坐下一班列车，坐了三站来到本盐釜，下车后立即跑到港口，来到盐釜海边那片曾经荒凉又浪漫的悬崖边。一望无际、令人绝望，岸边是用水泥砌成的。港口区域不是为旅客游览设计的。不过吉尔伯特还是急匆匆地沿着海岸线穿过几个宽阔的停车场，游客们从这里再乘船前往松岛，他经过了集装箱堆放区，经过吊车、圆形料仓、碎石山，还有包装好的垃圾堆成的白色圆球。

恍惚间他总感觉在系缆柱的后面看到了与谢的运动包，不过走近一看无非是堆成一团的缆绳，一件被人遗忘的T恤衫，或者是一个塑料袋。

在令人窒息的闷热中，他沿着港口区域走了很久，腋下夹着自己的皮包，汗流浃背，又干渴难耐，觉得自己真是穿错了衣服。

他穿得就像日本的通勤族，去有空调的办公室里上班那种。深色的西装、白衬衣、锃亮的皮鞋。他认为现代的云游僧人，禁欲系的朝圣者就应该穿成这样，他走在人群里毫不显眼，不过还差几件日本职员在夏季炎热中必带的装备，例如小毛巾，有些人会把它搭在后脖颈上，用来吸汗，因为只要走出有空调的室内就会立即暴汗。可是他觉得这样一条小毛巾对于如此崇高的旅行而言实在太粗俗了。他在火车上提供的小册子里也看到了其他类似的辅助性物品，像特制的内衣，关键部位特别吸汗，这样被汗渍湿透的部位就不明显了。吉尔伯特极不情愿地想象着，穿着优雅的男士们每天涌向共同的交通工具，各自在衣服下面都像婴儿一样被昂贵的材质包裹着，而且他认为这样增加一层衣服只会加剧问题。不过也许这是个错误的想法，因为日本人在业余时间也穿得齐齐整整，女士们穿着好几层宽大的衣物，长袖加短袖加无袖的 T 恤衫，长及膝盖的上衣盖在更长一些的裙子上，所有的衣服颜色都像覆盖着一层淤泥色或者灰色，日本自茶道革新后，这种审美就占据了主导地位。

他忽然想起与谢从不出汗。他感觉与谢的体温似乎一直很平稳，他人很瘦，凉冰冰的，有种优雅气质。与谢从来不用带着一块小毛巾上街。不过很有可能他也用了一些小窍门，好给别人留下这种印象——他压根儿不是有血有肉的人，也不会出汗。

巨大的港口安安静静。没有令人不安之处，也没有人群围在岸边，激动焦虑地望向大海，目光所及之处只有宽阔而空旷的柏油路面和完全静止不动的海面。吉尔伯特慢悠悠地又走回火车站。他找了一家小店坐下，点了一份荞麦面。服务员立即给他端来一杯茶。他已经能用流利的日语说出"茶"这个词了。他默默地接受了与谢的习惯，这已经成了他的出走计划中不断出现的一个主题，所以他毫无抵触情绪地喝着绿茶，即便还有其他饮料可供挑选。

茶杯在桌子上放了一会儿，茶已经变凉了一些，他小心翼翼地把杯子端到嘴边。茶水的反光映出他的脸，他盯着看了一会儿，发现这不是他的脸，而是与谢的脸。吉尔伯特能认出来他的模样：深色的头发，略有些扁平的鼻子，颧骨的形状。他端着杯子变化了一下角度，又在倒影里清晰地看到了与谢的下巴，还有那一撇小胡子。与谢的脸上露出一丝尴尬的笑容，他想偷偷扭过头，可是吉尔伯特用茶杯追着他的脸，紧盯着他。与谢转过身，头转向一边，闭上了眼睛。然后他放弃了，直直地与吉尔伯特对视着，眼神是恭顺的，听天由命的样子。吉尔伯特感觉与谢在恳求自己做一件事。可是他不知道是什么事。他不知道接下来应该做什么。他坐在一家小面馆前面的塑料椅子上，遮阳棚旁边的太阳已经开始西斜，他把皮包放在地上，用两只脚踝和小腿夹着它。他在心里默默诵读着那首写给与谢的俳句。

> 在栏杆后面，
>
> 在我面前弯着腰，
>
> 请沉入水中！

一位年轻女子将他的面碗和托盘收走了。她回来时拿着一块抹布，擦了擦他的桌子，又把旁边的几把椅子摆正。他等了一会儿，看她没再过来打扰他，于是又低头去看茶杯。与谢的脸消失了，他只看到自己的倒影。

他没再碰那杯茶，而是在一个自动饮料机上买了两瓶冰凉的乳质功能型含糖饮料。他彻底脱水了。很有可能刚才是出现了幻觉。他一口气喝光了两瓶饮料，把空瓶子扔在车站大厅的垃圾桶里，然后乘上了前往松岛的列车。也许与谢在仙台站错过了换乘的列车，被人流挤散了，然后理智地计算了一下，直接前往下一站了，吉尔伯特觉得两人应该能遇到。也许与谢比他提前到达了松岛。

他和玛蒂尔德去罗马旅游的时候曾经坐在石松树下。他们总是去找石松的树荫，呼吸带有松脂香味的空气。石松，长着高高的树干和云朵一样形状、近乎黑色的树冠。

那时他还没有体会到石松的特别之处，只是觉得可以当遮阳伞或者是避雨的屋顶，他利用了树下的凉爽，可那时无论是他，还是玛蒂尔德，都对松树不感兴趣。现在他脑海里重新浮现出两人在罗马的画面时，耶稣蓝、巴洛克蓝，以及浅蓝色的天空似乎都覆盖着深黑色的厚重云团。罗马，教堂的圆顶上面有白色的、镶了金边的云朵，那里有真正的苍茫天空下石松树冠那黑色的、飘浮的云朵。

在积云上是白胡子的圣父，吉尔伯特带着玛蒂尔德从一个教堂走到下一个教堂，为了比较上帝形象中的胡子有哪些不同。一般情况下，上帝的胡子都是卷曲的，闪亮的卷胡子垂在下巴上，一绺绺的呈现出一种动态美。但是又不能画得过于杂乱无章，关键是要表现出那种蓬松的大卷，天顶画里上帝的胡子都又白又卷，以此来代表上帝对天气的影响，暗示上帝有决定天气的权力，也象征着看不见的上帝藏在云朵深处，暗指上帝的形象是无法塑造的，即便人类尝试画出上帝的形象，祂的下半部也往往隐藏在卷积的白云中。上帝的胡子只有这一种形态。耶稣的形象可以被塑造为一位善良的牧人，有时会按照罗马人的时髦标准给祂画一个光滑的下巴，给复活后的耶稣画上精心护理、不太长的统治者胡须。在昏暗的巴洛克教堂里，在露齿而笑的大理石骨架、装着圣人遗骨的金色木匣子以及包裹在红色丝绒布内的教皇木乃伊中间就是受难的耶稣，祂留着很常见的那种胡子，三天没刮的长度，可以理解，祂的角色是受难的羔羊，西方人能理解他早上忙得没顾上剃须。有些艺术家则省掉了上帝乱糟糟的头发，而给这位受难者安上了一个军事家的胡须，一副为征伐沙场做好了准备的样子。毕竟最终这是一场关于天堂与地狱、生与死的争论，没人会在意男主角那狂野随风飘散的胡子。在吉尔伯特的研究工作里，基督并非一个重要的维度。吉尔伯特专注于圣父，在禁止给圣父画像的规定之下，祂那种大胡子的形象压根儿就不应该出现的。戒律规定了上帝没有具体形象，上帝不会以实体形式出现，或者是用云朵作为上帝的背面，这种以想象出来的形象作为辅助的想法不知是哪里出了差错，上帝的画根本不是对上帝的临摹，只是临摹了一种关于上帝的想象，例如说是再现了先知但以理在第七章第九节预言的场景[*]，那么这种想象随着时间的流逝被固化下来：祂的衣服像雪一样白，头发像最纯的羊毛。从此以后上帝的形象就总是带着这种智者的胡须。吉尔伯特的研究结论从一开始就已经确定了。无论上帝有没有胡须，都与绝对权力的象征有关。

玛蒂尔德表示不喜欢这种对男性生殖能力的展示。她

---

* "我观看，见有宝座设立，上头坐着亘古常在者，他的衣服洁白如雪，头发如纯净的羊毛，宝座乃火焰，其轮乃烈火。"（但 7:9）

用鼻子哼了一声，说道：上帝的胡子无非代表了男权社会的结构，要展示和维持这种结构，想有就有呗。当然了，电影工业对这个话题肯定感兴趣。

玛蒂尔德给他的感觉就是这个研究主题很过时。她接着问了好几个问题：传统男女角色的结构这个题目怎么样？后现代时代的交际这个主题呢？有没有这种可能性，基督教圣像中的圣父形象是按照宙斯的样子塑造出来并一直流传至今的？

几天之后，玛蒂尔德就不愿意再陪他一起去博物馆和教堂了，她觉得那些昏暗的油画、苍白的湿壁画、华丽的雕像实在让人难以忍受，她觉得戴着墨镜，穿着夏天的裙子和凉鞋，在比萨店里喝一杯饮料就很惬意。对她而言，逛完了温泉、出土废墟以及没有尽头的古老城墙，参观了地下墓穴、小教堂和宫殿之后，享受闲暇的这一刻才是罗马旅行的高潮。玛蒂尔德身材曲线分明，她想在这座永恒之城的太阳下充分显示自己的魅力。

吉尔伯特经常后悔带了玛蒂尔德一起来。她总是降低他的速度，打扰他的研究工作，用她的慵懒、对文化的无兴趣和高傲拖累他的工作。她害得他工作失去了动力，在罗马的后半程，他们几乎就是到处懒洋洋地坐着，喝着格拉帕酒*，吃意式冰激凌、比萨和意面，只知道从一家咖啡馆逛到下一家，尽管他心里惦记着罗马之行还背负着重要的使命。

而此刻，吉尔伯特想到，也许他们应该花更长的时间坐在石松的树荫里，从一个小山包上眺望远方，俯瞰城市的屋顶和礼拜堂。

与谢在一处悬崖上纵身一跃，这个画面在他脑海中挥之不去，顽固地不断浮现在他眼前，甚至盖过了窗外的景色，此时火车正穿越一片原野，难得有片刻悠闲。港口区域，陡峭的海岸，海湾。他们找到了理想地点，一处傲然耸立的崖壁，下面是汹涌的大海。岩壁上长着古老的松树，被风暴吹弯了腰，仍然顽强地攀住坚硬的地面，在风中摇摆。它们投下的阴影也在不停晃动，遮住地上干透了的松针，与谢的身影融入了松树的阴影。与谢走到悬崖边上，脱下鞋子，极其认真地摆放整齐，挨着自己的运动包。之后他穿着薄薄的白袜子在石头上站立了一会儿，脚趾像猴子一样紧紧地抓住地面。吉尔伯特想对他呼喊，想跑过去拦住他，抓住他的胳膊把他拽回来，可是他发不出任何声

---

* 格拉帕（grappa），即渣酿白兰地，是一种以葡萄为原料的蒸馏酒，源自意大利北部，特点是采用果渣蒸馏，酒精含量介于 35%—60% 之间。

音，不知道什么原因，他看到自己根本无法做出什么急速的动作来。他勉强可以一步一步地，以毫米为单位地往前挪，他从远处朝着与谢飘过去，很轻柔地向前，漫游，又游不动，像一个无法满足的魔法愿望，只要他有一丁点儿愿望想要往前走，当他带着一丝几乎察觉不到的侵略性想要稍微快那么一星半点儿，他就会绊倒在地无法前行。他只能远远地看着与谢从悬崖上跳下。突然之间，对他身体的束缚消失了，他飞奔向前，低头俯瞰悬崖下面，只见白色的浪花一下又一下地击打着岩石。被海浪包围的那块岩石上应该有一个物体啊，可是与谢的身体已经消失不见了。

吉尔伯特后退了几步，不知所措地坐在一棵树干虬结的松树下。风刮过悬崖，与谢球鞋的鞋带随风飘舞，运动包被吹得鼓了起来，发出塑料袋那种声响。

松岛

亲爱的玛蒂尔德!

　　松岛属于日本最美的三大著名风景胜地。此处的景色经典、诗意,给人带来无限灵感。所以这里注定是一种独特的诗歌形式——"歌枕"经常赞颂的地点。几百年来,日本诗人有这样一个传统,他们要专门去风景特别优美的地点朝圣,找寻那些令人赞叹不已的地方,到那里去写诗。就连我也想找到这样一个曾经吸引过无数诗人的地方。据说,松岛就是这样一个"装满了歌的枕头"。

　　这里有无数小岛,其中有些非常迷你,上面长着虬结的黑松。皇居里的皇家松树就是以它们为原型修剪的——被风吹弯了腰，看起来要像野生的那种形态，仿佛它们并非出自人工，而是天气塑造而成。古老的松树，永生的象征，还寓意肃穆和严格，这都是智者在生命尽头所应该表现出的品性。

日本黑松原产于岛国日本，韩国部分沿海地区也有栽种。曾经有人尝试在美国东海岸种植这个品种，但失败了——那些树立即就会生病，或者招来害虫，很快就枯萎了。而这种松树本身就生长在海边，既耐海水冲刷，也不怕含盐量高的海风。日本人喜欢用它的木材来做能剧舞台的地板，踩上去不会嘎嘎作响，而且能剧的舞台总是用松树来装饰，还画着松树。

因为松树被视为天神显灵之地。它是天神下凡的出发点，据说就像一个闪电，天神会沿着一根导线来到凡间。

欧洲红松与黑松有很多相同的特征。它是松夜蛾的栖息地，不仅僧侣和尼姑喜欢它，石松夜蛾这种似乎带有宗教色彩的蛾子也喜欢它。这种松树总是散发一种幽灵似的、祖父母般的宁静，其实地球上所有的松树品种都有这样一种气质。

松岛海岸。乌云低垂的天空，是一种丝绸般的灰色，云朵慢慢地在天空移动，像日式屏风上画的那种瘦长扁平的云，还有边角圆润的一抹抹云，闪着光的像四方形金箔一样的云，轻描淡写，写意风格的云，它们的功能只是在地上投下一片片阴影。是明信片上那种很早以前的天空，背后都已经发黄，散发着一股淡淡的霉味，用过时的花体字写着一句问候。松岛就笼罩在一片这种发黄变旧的气氛中，这是一种不可思议的气氛，好像所有对远方的渴望都汇聚于此，再也找不到其他的方向。与谢来过这里。是真的吗？第一眼看上去似乎静止不动的云，却以一种飞快的速度飘走了，咸咸的海风很清凉，从车站一出来就正对着海。

其他乘客下车的时候都带着当地人的那种笃定，他们没工夫去关注风景。除了他以外，没人专程为了松树而来。

前一天夜里他久久无法入睡，一直不安地盯着昏暗的天空。他能感觉到云朵变大了，又舒展开来，变成巨人的样子，又被一股任性的风吹走了。云朵被风吹散了，打成了碎片，又重新组合成别的形状，浓郁的黑色也变成了淡淡的灰色，之后再次变成无边无际的灰色平面，像层云床垫向他压下来。他想逃跑，逃到海边去，那里是云朵自由自在飘浮的地方，它们失去了相互结合的能力。

他走过出站的闸口，向一位工作人员展示了一下车票。

然后他弯下腰，抚摸了一下车站广场的地面。与谢来过这里。

　　他慢慢接近松岛的过程不太像是旅行，倒更像是慢慢滑过来的，或是爬过来，像蜗牛那样缓缓地试探前进，像云朵一样慢悠悠地滑动。他觉得自己的这趟旅行就像一个刚刚从模具里倒出来的布丁，一边慢慢变冷，一边还在轻微地颤抖，放在一个斜面上慢慢下滑，每做出一个变形虫那种动作就会失去一点儿自己的形状。

　　他站在松岛火车站站前广场上，感觉自己是被风吹着在往前走。一坨灰色的积云依次飘过停车场上方、灰突突的灌木丛和昏暗的铁轨地下通道，最后停在小店铺上方的天空中，就像一个巨型大脑。那是他的大脑。

　　他本不想屈服于这股风的力量，可最终还是放弃了，就像云一样被风吹着走。在外人看来，他目标明确，很有抱负，一副要做出一番事业的样子，即便算不得勤奋，就像天上的云朵，表面上急促地涌向一个特定的方向，就好像它们有一个目标，而做出这样的行动是发自内心的。一段时间以来他对这股力量的怀疑不断增长，以前他可能还觉得那是一种动力，是推动，但是现在越来越多地成了一种强迫。有时他会问自己，如果没有这种强迫，那是不是就会像月亮一样，不为任何事所动地升起，永远宁静地行走在自己的轨迹上，因为月亮会吸引夜里的一切东西朝着它聚拢过来。

西行法师一直按照月亮的指引旅行。他曾穿过美丽的风景，去过偏远的地方，他跟随着美丽月亮的魔法，一步步来到北部。

吉尔伯特现在明确知道了他要去哪里。现在是大白天，他打开折叠在一起的地图，那上面标注了旅馆的位置，他沿着地下通道走下铁轨，然后沿着一条越来越陡的街道走到旅馆。

护栏后面是一个停车场，即便在如此开阔的一个地方，这个停车场也大得令人惊讶，不过那上面空荡荡的。在一处入口立着一块牌子：避难场所。如果海啸来了，就要像吉尔伯特现在正在做的一样，大家都要朝山上跑，开着车的话就朝着地势更高的地方开，来到这个停车场避难。经过各方估测，海啸无论如何都无法到达这里。而他的旅馆就在停车场的上方。就这个高度而言，他晚上可以睡个安稳觉。

他看着眼前的陡坡，感觉自己就像古老的卷轴画上那种正在爬山的小人，在填满了整个空间的怪石嶙峋中，在强有力的毛笔笔画对比下，那些细线勾勒出的瘦弱身形简直不堪重负，随便一笔粗重的线条似乎就能彻底遮盖掉画人的细线。

接待员不停地鞠躬，让吉尔伯特在一沓文件上签名，在此期间他还操着好几门外语接打电话。

接待员回答他说，今天下午还没有新的客人入住。没有叫拓麻与谢的年轻日本人。没有叫这个名字的人入住，叫这个名字的女人也没有，孩子也没有，压根儿就没有人来过。

他像变魔术一样摆出一排明信片，让吉尔伯特从中抽一张。这种游戏让他有种被施舍的感觉，可他觉得贸然拒绝也不太好。上面是各种迷你小岛的不同风光。他挑选的那一张上面是一座光秃秃的海岛耸立在海面上，形状像一面船帆。接待员说，这个岛已经消失了，被海啸淹没了。吉尔伯特客气地用双手接过这张已经死去的小岛的明信片。

松岛很美，几百年前就有一种传说：松岛的美就连海啸都无能为力，甚至它的美能让海啸退却。海湾里无数个长满了松树的小岛能够降低海浪的怒火，避免最可怕的灾害，守护这一方的土地。

接待员引导着他走到房间门口。这是一间西式旅馆，没有香柏木的墙，没有榻榻米和纸糊的窗户，只有嗡嗡作响的空调，一个读书角，房顶上装着日光灯，给冰冷的水泥墙带来一丝家的气息，仿佛始终有阳光照进来。

亲爱的玛蒂尔德!

日本作家谷崎润一郎在他的散文《阴翳礼赞》中曾提到日本人对于黑暗的热爱。面对技术的进步，他认为自己的国家正在走向西方化，而在此过程中日本的一些文化特色即使不被遗忘，也会变得越来越不重要，为此他觉得很遗憾。这些文化特色就包括对隐晦暗示的敏感性和对阴影以及不可见之物的敏感性。可以简单粗暴地归纳为：西方是明亮的，不只带来了启蒙运动之光，总而言之都更倾向于用耀眼的灯光照亮所有的街道、广场和空间，以便让所有人看到物品的清晰轮廓；与之相反，东方人更倾向于让物体模糊糊地浮现在背景之中，首先要关注物体的变化性和不完整性，美学体验的高潮就在于只能隐隐约约地看到一个物品。能清晰被看到的物品会有种粗俗感，让人感觉它们似乎已经脱离了背景而独立存在，而日本文化则赞颂那种昏暗的光线，它可以遮蔽物体的本质，减弱其毫无疑问的说服力以及没有神秘感的此在。

作为此番论述的出发点，他列举了在各种文化里最为推崇的主流肤色，以此推导出不同的美人标准。西方人种白里透红的肤色与东方人那种偏暗的苍白脸色完全不同。除了对阴影的普遍偏好，他还想出来一条理由：日本女人完全不参与社交生活。长年累月孤独地待在光照不好的室内，之后就变得像鬼魅一般，脸色苍白，牙齿还染成了黑色，出没于黑暗之中，此时日本女人苍白的肤色才彻底显现。他得出的结论是回溯式的，沙文主义的和有国家意识的，所以他的想法包含了令人极度不适的另一种味道。尽管如此，他为了讲解清楚日本极简风格的图画概念所画的素描倒是具有很强的感官说服力。他希望在装修新房子的时候，能有一间日式的浴室。他想采用深色的木材，却想不出用什么材料来代替闪亮的洗手台。对风格的批评主要体现在他对白色陶瓷马桶的不满上。在他眼中最为高雅的款式市面上还未出现——就是整体用木头做成，外面刷上黑色的日本漆那种。

招待员走在吉尔伯特前面，上台阶的时候告诉他说，这家旅馆只提供早餐。如果他想外出吃饭的话，要记得下面的小镇所有餐馆都是晚上六点关门。吉尔伯特紧紧盯着眼前这两条腿，穿着笔挺的裤子，上台阶的时候出现古怪的慢动作，接待员的鞋跟就像是紧紧地粘在台阶上一样难以抬脚。吉尔伯特缓慢地跟在他身后，他的行李实在太少，就没有交给接待员替他拿着，可此时他渐渐觉得行李似乎变重了，他们走完这段楼梯似乎需要很长时间。吉尔伯特稍微靠近了一些前面的接待员，好催促他走快些，就像他曾经在站台等车时向前面的人施加压力一样，可是接待员丝毫不为所动，他一步一步慎重地抬脚，就好像鞋子粘在了台阶上铺的地毯上。似乎他每抬起一只脚，都是将地毯、台阶以及整座房子向下踩一点儿，而另外一只脚则在练习反作用力，好让一切陷入停滞。

招待员一边帮吉尔伯特打开房门，一边说道，他是在松岛出生的，他一辈子都生活在这里，除了接受职业培训那段时间之外，他永远都不想离开这里。

阴影从他的袖子里涌出来，床下面、桌子底下都涌出团团阴影。房间的下半部都淹没在黑暗的未知中，而写字台玻璃板的反光中清晰地反映出所有的物品都井井有条地摆在各自的位置上，热水器和两个倒扣过来的杯子，纸质的方糖包装盒和茶包，巨大的"Z"字形办公立式阅读灯顶着一个金属材质的圆罩子，底座还能移动。只有古老的电视机像是来自阴影的国度，黑黝黝地墩在桌子上，占据了很大的空间，从黑暗中拖出一条长长的尾巴。

招待员膝盖以下都站在黑暗的未知之中，吉尔伯特没仔细看就觉得这间房子落满了灰尘，铺着地毯的地面很脏，他感到房间的下半部是一个禁区，最好还是不要接触，包括里面可能生存的一切小虫子，还是从一开始就假装看不见好了。

招待员给吉尔伯特讲解了所有电器的使用方法，那架势就好像吉尔伯特这辈子都没有按下过任何电器的按钮一样。他还站在窗前表扬了一下纱窗，并且强调说，如果天气不像现在这么雾蒙蒙而且多云的话，透过窗栅栏望出去就可以看到海。他说话的时候吉尔伯特觉得一体式卫生间的塑料外壳上有黑影冒出来，集中在皱褶均匀的灰色窗帘上，吉尔伯特挤出几句感谢的话，谢谢招待员的讲解。

最后招待员十分威严地说道，他一整晚都会在前台，随时听候吩咐。他一边往外走一边说，偶尔几个小时可能会有其他人代班，但是前台总是有人听命的。吉尔伯特突然明白过来，他是这间旅店唯一的客人。

有那么一瞬间他仿佛看到自己在旅馆的走廊里游荡，牙齿是黑色的，穿着一件日本漆做成的长袍，又硬又重。

之后他就去冲了一个澡。喝了一杯绿茶后他拿出雨伞，准备出门去海湾看看。

亲爱的玛蒂尔德!

　　一本关于松岛的旅游指南描述了前往松岛的路线。外围的路线很快就解释清楚了。只需坐火车就能到达。可最关键的问题却是：这条路线是否也能让人从内心去接近日本黑松这种现象，让人最终能够"看到"一棵松树？一本旅游指南应该介绍如何让黑松从其根本上的虚无之中现身，让黑松出现在人的眼睛前面，还有那些无穷无尽又重回虚无的枝杈，要增加图片来解释虚无这个概念，好让感官的接触成为可能。在进入睡眠状态之前，人的思考能力慢慢进入休息状态，此刻冒出来的白日梦和画面；那些在人逐渐清醒，日常功能再次启动的过程中出现在意识之中的画面；当一个想法彻底转变成画面，其中就包含了睡梦中的幻觉；一个想法还未形成清晰概念，在化学合成作用产生之前，尚处在无法触碰的状态；还有那些一定会伴随着想象一起出现的画面，即便不是每个人都能够在半梦半醒的状态下从一半的意识中唤醒的画面。它们到底是梦，白日梦，还是幻影？是幻觉，想象，还是人脸？这种现象听上去也许有点儿疯狂，但是它们却构成了某种基础或者是承载了某种想法、某种感觉的一道"深渊"。我想用以上各种形式的想象拼凑出松树那不易获得的画面。

　　吉尔伯特刚才费力地爬上了一座小山，现在他可没兴趣紧接着再爬下去。他偏离了来时走的大路，走到旁边去欣赏了一会儿风景。全景视角。海湾里的雾气，能模模糊糊地看出一片片或一块块的东西，其他的就辨认不出来了。其实无非是很平常的景象，不过人们总是要用夸张的手法拔高它的可观赏性。俯瞰下去，小岛就像雾中长满青苔的石头。他有点儿失望吗？连他自己都搞不清楚。

　　对于自己这个出走计划的进展情况，他倒是可以感到满意。他远离了一切，逃离到最远的地方来了。东京已经称得上是一个遥远的城市，松岛还要更远一截。那个日本小伙子不再陪他同游，现在看起来倒是非常有利。现在开始没有人打扰他，他可以全情投入地欣赏松树、月亮，还有大自然。以前他总是要分心去留意与谢，那孩子实在是太扭曲了，只要他在，别人也没法放松心情，更谈不上全神贯注于某事。所有这些干扰项目进行的因素一下子都消失了。吉尔伯特甚至暗暗希望与谢不要再次出现。

　　山顶上的公园，草坪，休息的长椅，松树。视线所及全是松树，他几乎觉得有点儿太多了。传说里说西行法师曾经到过这里，他在一棵松树下偶遇了一位年轻僧人。这位僧人给他出了一个公案，西行法师回答不上来，于是就羞愧地逃走了——所以严格说来他并未抵达松岛。吉尔伯特很想知道，这位睿智的云游诗人都解答不出的公案到底是什么。这个公园的名字就叫作"西行折回之松公园"。吉尔伯特觉得很奇怪，号称是日本第一的云游僧人居然因为区区小事就动摇了原本的计划。不过呢，人就是这么过分敏感，因为鸡毛蒜皮的小事就感觉受到了侮辱。他下定决心自己可不能成为那样的人。他不再停留，压制住心底微微的困惑。他劝自己说，他在执行一个禁欲的项目，沮丧的情绪是避免不了的。他坐在一张长椅上，观察下面的小岛。此时他才突然听到震耳欲聋的蝉鸣声。听起来就像是某种电子音，很像某个警报装置被触动了。他看不清那些岛屿，它们笼罩在乌云密布的浓雾当中。他甚至觉得雾气越来越重了。一丛灌木里忽然蹿出来一只狐狸，泥塑木雕一般盯着他。吉尔伯特也吓得不轻。他毫无防备地坐在一张长椅上，手无寸铁，四下里一个人影儿都没有。狐狸的鼻子朝着前面嗅了嗅，吉尔伯特一动也不敢动。之后似乎是狐狸根据眼前的状况做了一个决定，它动了起来，贴着长椅，紧挨着吉尔伯特，一溜烟儿地跑掉了，钻进了树丛之中。吉尔伯特站起身来。有几秒钟的时间能看到浓雾笼罩下的海面波光粼粼，之后云雾再次包围了月亮。他在等什么呢。该动身去小岛了。

吉尔伯特看到松岛著名的海湾上有很多漂浮起重机和建筑设备。海港的工事在东北町地震时受损,海浪一直涌到海边散步大道上,摧毁了和海岸差不多高的很多建筑。那后面的地带坡度很陡。酒店前台的接待员也是这么说的,总而言之,松岛已经将损害降到最低限度了。一排小商店前面赫然立着一排工地围栏,挡住了橱窗。其他露出来的窗户上还糊着报纸。不过有几个卖旅游纪念品的小店已经完成了维修,能看到用深色的木材做了很雅致的内部装饰,衬托出颜色鲜艳的商品。吉尔伯特在一个小吃店里买了一个炸米团。他可不想去吃当地小摊上卖的牡蛎,也不敢吃这片海湾里出产的海鲜或者新鲜的鱼。谁知道福岛那片遭到核辐射的水会流到哪一片海滩去啊?那些酒店就像巨大的箱子,是战后日本社会主义时期修建的那种风格,倒是完好无损,已经彻底修复了。不过远近都看不到游客的身影。空荡荡的巴士停车场,紧锁的房屋,像一座鬼城。他穿过脚手架和遮阳篷耷拉下来的建筑物,找到了一条通往海滩的路。

海浪翻滚,舐舐着海滩,激起层层白色的泡沫,击打着海边的岩石,浪花四溅。水中漂浮着薄薄的黑色海藻,像蛇一样缠绕在低矮的石头边缘,他不禁想起玛蒂尔德的头发,当她躺在浴缸里的时候,她的头发就是这样漂浮在水中，像细细的海草随着波浪起伏不定。

芭蕉是从福浦岛上岸的。他经水路从盐灶过来，租了一条船，与他的旅伴曾良在傍晚时分抵达了松岛的海湾。

吉尔伯特站在一座红色的木桥上观察着福浦岛。禅宗僧侣们几十年来就在那些坚硬的岩石上冥想，福浦岛是最充满力量感的岛屿，是松岛诸岛的顶峰。一条小路沿着海岸线一路蜿蜒前行，就修在那些凸起的松树树根上，经过岩洞的上方，洞里摆着一些佛教的神像，风吹日晒，覆盖着铜锈，却仍然充满威严感。吉尔伯特和神像保持着距离，它们散发出一种拒人千里之外的威仪，几百年形成的神秘力量，让一切生物都不敢靠近。吉尔伯特选了一棵海边的树，坐了下来，背靠着粗糙的树皮，望向海湾。

他的眼前是一节低垂的树干，长着墨绿色的松针，后面就是波光粼粼的海水和夜晚光线下的小岛。从他坐的这个角度只能看到海湾的一部分，对面的一组岛屿正好遮挡住了他的视线，不过他还是想待在这里，他可以欣赏松树，等待月亮爬上松岛。

只要有月亮就好！他根本不知道今天月亮会是个什么状态，满月，还是新月，对于这一点他没做什么计划，只能碰碰运气了。也有可能会有恶意满满的乌云彻底将天空遮盖。目前还很晴朗。对面岛上的松树紧贴礁岩，轻轻随风摆动。背景是深蓝色的天空和闪闪发光的海面。

千万根松针。

千万里长路。

在我面前，我身后。

这些诗句带着一丝忧伤，感觉很不错，不过又不能带有太强的个人色彩。他又试着写了一首，尽量没什么特指，尽量有画面感，尽可能让诗句看起来像是出自与谢之手。

离家千万里。

岩石同龄的松树——

飘动的云朵。

这首俳句的主题是永恒存在与转瞬即逝之间的那种关系，表现了万事万物永远出于变化之中、移动之中。他觉得很受用，以高昂的热情继续写道：

松树的墙，

渗不进去的阴影

比岩石还硬。

他又替与谢写了一首：

> 最后的光亮，
> 海浪环绕的海岛，
> 松风正呼啸。

他能看到松树吗？看到它们的美，树的轮廓、细节以及整体形象？他不知道自己应该把关注点放在哪里，是该盯着对面的松树，还是该观察矗立在海水中、外形奇特的岩壁？还是应该看着在他脸前晃动的松枝？一方面有点儿挡着他的视线，但另一方面又是他在无数图片中看到过的典型画面构图。这种观察行为本身也挺累人的。他一整天都在冒着酷暑爬山上的柏油路，在丑陋的港区飞快奔跑。他用后背靠着还有些温热的树干，闭上眼睛，侧耳聆听掠过树梢的风声。松脂的味道。掉落的松塔。簌簌作响的松针。发出断裂声的树枝。

他再次闭上眼睛，将已经闭合的眼皮挤得更紧，深深地陷入了疲惫之中，任由风吹透全身，闻着松树的香味，随着海岛一起呼吸。

在半梦半醒之间，他似乎看到黑暗之中无法接近的海面上重新浮现出长满了草木的礁岩，圆的像是黑色的水母，脆的像晒干的海带，黑暗中能分辨出更黑一些的海岛的剪影，像是黑暗冒出来的泡泡，形状逐渐清晰，有了自己的身体，而身后的黑色慢慢褪去，在深不见底的恐惧和无缘无故出现的巨大泡沫上方出现了坚硬的剪影。这才是它，终于出现了，黑色的泡沫现出了真面目。破裂。

他站起身来，在松树之间穿行，在半梦半醒之间踩在地上厚厚的松针堆上，持续不断的风也在昏昏欲睡。他用手抚摸黑色的松针尖儿，用它们戳自己的手背，以确认自己是不是在睡梦中。

与谢从树干后面走了出来，显得比平时高，反正吉尔伯特有这种感觉，与谢的胡子里也有松针，就像是黑色的松针胡子，吉尔伯特觉得有点儿滑稽。与谢在他面前深深地鞠了一躬。吉尔伯特感到自己受之无愧，为了这个小伙子，这一天可把他折腾惨了，吉尔伯特一直都在忘我地照顾着他。

与谢说，他早就已经死了。他想请求吉尔伯特把遗书带给自己的父母。他递给吉尔伯特一份写着日语的文件，吉尔伯特用双手接了过来。与谢说自己的父母住在金泽市。他恳请吉尔伯特将遗书送过去。他的父母等这封信已经等了好几年了。等了好几十年，好几百年，等了一辈子。

一阵微风吹动了松树，好像所有的松针，那些坚硬、细腻的小线条，一瞬间都落了下来，与谢消失在这一片沙沙作响的松针雨里，消失在风中。吉尔伯特想去追他，但是他消失不见了。就这样无影无踪。

吉尔伯特醒了，手心里紧紧地攥着一把褐色的干松针。海湾上方是一轮明月，几乎是满月，海岛笼罩在一片鬼魅般的明亮月光里。

> 黑色的松枝，
>
> 深不见底的海水——
>
> 月色中静寂。

黑暗中的上坡，在路灯下，在嘈杂的蝉鸣声中。那种深入骨髓的尖锐声音像一个茧将他包裹起来，声音像网一样密集交织，干树枝缠成的坚硬的球，裹挟着他向山上滚，不停滚动，毫不松懈，与重力相左，与所有的理智相左。

空气中有大海的味道，被太阳炙烤后植物的味道，那种苦涩的香气在夜晚的凉爽中弥漫开来。酒店的大堂里灯火通明。吉尔伯特还没走进去，就透过玻璃门看到闪闪发光的石头地板上皱皱巴巴地堆着一个运动包。他刚要进门，前台接待员就急急忙忙地拿起包，背上出门了。吉尔伯特站在可以照出人影的玻璃门前，死盯着光可鉴人的地板，看到自己的剪影瘦瘦地映在地上，似乎也在回看他。最后他穿过大厅的时候空无一人，只有自己的脚步声大得吓人，像在狂怒地咆哮。

回到酒店房间后，他打开了所有的灯，往电热水壶里注满水，打开电视机和空调，把房间里所有的开关都打开，就好像要以此来驱赶那种令人毛骨悚然的孤独感。他躺在床上，拿起遥控器。

新闻。九州的暴风雨。关西地区发生轻微地震。一个瓷器展开幕。人身事故造成的列车晚点。一个当地政客正对着一个麦克风讲话。身穿抹裆的相扑运动员在一个神道神宫前。天气预报。广告。在一张日本地图上方，一片鲜红的枫叶飘舞，正好落在北海道上，像是紧张不安闪烁的红灯，用波普艺术风格画出的其他地区的叶子都还是绿色，吉尔伯特猜想那一片应该是较大一些的城市所在的地区，比如东京、大阪、广岛、金泽，漫画风格的叶子，边缘厚厚地涂着色，就是经常出现在浴袍和茶壶上的那种装饰纹样。

接下来是用快放进行去年的回顾，红色的枫叶从北部蔓延到南部，从海岸线到内陆，从高山到平地，像信号灯那么红的红叶如波浪一样席卷全国，在到达极盛期之后留下一片黯淡的黄色，其实并不是变成了黄色，而是叶片脱落了。最后是一张现在拍的照片——在最北边的一条河边的红叶。旭川地区的旅游胜地，森林里经常有棕熊出没，此处已经距离库页岛不远了。红叶，那红色几乎成了对比色，而在这个国家有些东西总是绿色的，比如竹子、松树、茶。

这在德国是难以想象的，人们大老远地跑一趟，就为了来看这种很常见的树，为了去看树叶！日本枫叶片精致，和北美糖枫一样，如果秋天有一段时间白天晴朗而温暖，夜间寒冷出现霜冻，那么它们的叶片就会变成炉火一样红。日本的电视台每天都会报道枫叶颜色的变化，一大批狂热爱好者会根据这些报道决定何时动身前去观赏。过去这些天吉尔伯特已经见怪不怪了，日本人会去郊游，为了去欣赏树叶，这可真是毫无用处的一种风俗，但在日本文化中根深蒂固地保留了下来。这并非欧洲人意义上的增长见识之旅，旅行之后人们会感到自己的知识面增加了，比如人们前往罗马，之后就成为亲眼见过西斯廷小教堂的人了，还去过大斗兽场、温泉，瞻仰过教宗英诺森十世的画像。这种自然现象的观赏既与艺术和建筑无关，也与历史没啥关联，是一种细腻而充满神秘感的体验，即便算得上是某种形式的教育，但是事后既无法讲述又无法唤醒回忆。

现在他眼前就浮现出一棵阔叶树，一夜之间像做了一个噩梦一样彻底变红了。之后所有的树叶就开始陆续落下，只剩树干和树枝光秃秃地站在那里。他还没来得及去赞赏那正红色的珠宝、火焰和颜色游戏。他还没用眼睛追随每片树叶飘零的美态，没看过大多数树叶落在旁边的溪流里被水冲走。有些树叶被岸上的植被挂住，有几片先是粘在岩石上，随风抖动，终于还是被风给吹走了。

吉尔伯特关上了电视。他给自己泡了一杯茶，关上灯，来到窗前。看到外面在神秘月光里有些诡异的树枝。

植物的影子在墙上晃动，像是无声地穿过房间，掠过脚底，在他面前停住了。影子保持不动，遮住了床单，然后继续晃动向前，拂过他的脸颊，冲刷过他的身体，触碰过一切物品的这些很细的树枝，本身十分柔弱，吉尔伯特都无法握住它们。无家可归者的森林，脱离了身体的木头，灰色阴影构成的火葬用的柴堆。他听得见掠过松树的风声，那种巨大的咆哮声，他房间墙上树枝的影子上下拂动，像是在缓慢而孤独地漫游。他站在窗前，用双手捧着茶杯，有一瞬间月亮就在茶杯里。远处传来猕猴的笑声。

玛蒂尔德不太喜欢针叶林，尤其讨厌枝叶稀疏的冷杉。那些上了年纪的房主总喜欢围着花园种上一圈冷杉树丛，这样从里面，从这片土地中间望出去就是一堵看不透的深色围墙。从外面看则修剪得非常整齐，完全符合规定，没有任何树枝伸到人行道上来。站在外面的人只能看到一个光秃秃的背面，有很多木结，上面还挂着一些褐色的干松针。

玛蒂尔德还要上两天的课，然后就是周末，随后紧接着放秋假。

他自言自语道，他会给她打电话。我们在东京见，他想象着自己是这样说的，一切都很简单，你到日本来找我吧！红叶季就要开始了。

图书在版编目（CIP）数据

松岛 /（德）玛丽昂·波施曼 著；张晏 译 . — 北京：
东方出版社，2021.10

ISBN 978-7-5207-2247-6

Ⅰ.①松…　Ⅱ.①玛…②张…　Ⅲ.①长篇小说—德
国—现代　Ⅳ.①I516.45

中国版本图书馆 CIP 数据核字（2021）第 113945 号

著作权合同登记号 图字：01-2020-1733号

松岛
（SONGDAO）

作　者：	［德］玛丽昂·波施曼	
译　者：	张　晏	
出版统筹：	吴玉萍	
责任编辑：	杨袁媛	
责任审校：	曾庆全	
特约审校：	俞　婷	
书籍设计：	董茹嘉	
内文排版：	刘太刚	
出　版：	东方出版社	
发　行：	人民东方出版传媒有限公司	
地　址：	北京市西城区北三环中路6号	
邮　编：	100120	
印　刷：	北京印刷集团有限责任公司印刷一厂	
版　次：	2021年10月第1版	
印　次：	2021年10月第1次印刷	
开　本：	787毫米×1092毫米　1/32	
印　张：	6.25	
字　数：	86千字	
书　号：	ISBN 978-7-5207-2247-6	
定　价：	59.00元	

发行电话：（010）85924663　85924644　85924641